希望你也在这里

あなたがここにいて欲しい

日本新锐作家文库

[日] 中村航 著
张兴 译

青岛出版集团 | 青岛出版社

ANATA GA KOKONI ITEHOSHI
©Kou Nakamura 2007, 2010
First published in Japan in 2010 by KADOKAWA CORPORATION, Tokyo.
Simplified Chinese translation rights arranged with KADOKAWA
CORPORATION, Tokyo through CREEK & RIVER Co., Ltd.
山东省版权局著作权合同登记号　图字：15-2020-374 号

图书在版编目（CIP）数据

希望你也在这里 /（日）中村航著；张兴译 . —青岛：青岛出版社，2023.8
ISBN 978-7-5736-1342-4

Ⅰ . ①希… Ⅱ . ①中… ②张… Ⅲ . ①短篇小说—小说集—日本—现代 Ⅳ . ① I313.45

中国国家版本馆 CIP 数据核字（2023）第 119221 号

书　　名	**XIWANG NI YE ZAI ZHELI** **希望你也在这里**
著　　者	[日]中村航
译　　者	张　兴
出版发行	青岛出版社
社　　址	青岛市崂山区海尔路 182 号（266061）
本社网址	http：//www.qdpub.com
邮购电话	0532-68068091
责任编辑	霍芳芳
特约编辑	张庆梅
封面设计	今亮后声・任晓宇
插画设计	尔凡文化
照　　排	青岛可视文化传媒有限公司
印　　刷	青岛双星华信印刷有限公司
出版日期	2023 年 8 月第 1 版　2023 年 8 月第 1 次印刷
开　　本	32 开（889 mm×1194 mm）
印　　张	8.125
字　　数	120 千
印　　数	1—6000
书　　号	ISBN 978-7-5736-1342-4
定　　价	39.00 元

编校印装质量、盗版监督服务电话：4006532017　0532-68068050
上架建议：日本 / 文学 / 畅销

译序 关于希望你也在这里

中村航是日本当代著名小说家，被学界称为继片山恭一、市川拓司之后的日本纯爱小说新天王，也被视为最接近芥川奖的作家。他独特的世界观以及充满魅力的文风备受好评。他的写作风格温柔、细腻，故事主题多与孩子相关。他和是枝裕和一同创作的小说《奇迹》备受好评，再一次让读者感受到其无与伦比的魅力。也有作品被改编成动漫，甚至手游。

《希望你也在这里》是一本短篇小说集，共收录三篇短篇小说，包括《希望你也在这里》《男子五篇》

《吟游生活》。《希望你也在这里》这篇小说讲述了上大学的主人公吉田和与他在同一个研究室做研究的舞子之间的恋爱故事,以及吉田和好友又野之间的友情故事。那令人怀念的岁月、朋友间温暖的友情、慢慢培育的恋情……,故事在缓慢而又深情地向前推进。小学时在图书室里产生的友情,一直在缓慢地推动着故事情节。吉田心中怀揣着童年的友情,小心翼翼、毫不引人注目地过着大学生活。小田原城的大象、混混朋友又野、心中暗恋的舞子……,作者希望永远和他们在一起。故事情节的进展平平淡淡,没有什么波澜壮阔的吸睛之处,但这种没有戏剧性进展的情节才是这篇小说最大的看点。

《希望你也在这里》原版小说封面上相应的英文是"Wish You Were Here"。在这篇小说里,曾出现主人公吉田耳机里放着平克·弗洛伊德的歌的描写。*Wish You Were Here* 是英国摇滚乐队平克·弗洛伊德的一张录音室专辑,标准版唱片内部共收录五首歌曲,于 1975 年 9 月 12 日通过平克·弗洛伊德音乐集团发行。1997 年 5 月，*Wish You Were Here* 获得美国唱片工业协会"白金唱片"奖。小说中与此相呼应的地方有好几处。第一处就是吉田听着 *Wish You Were Here* 看着大象时说了这样一句话。

希望你也在这里……

这句话可以翻译成英文"Wish you were here"。在这里，吉田希望大象生命长久，能够一直活在城堡遗址公园。这一话语在吉田看大象的时候共出现了三次。

当吉田和舞子分享了鱼糕之后，也在心中表达了同样的希望。

Wish you were here!

原文使用了英文，文中在此特别说明：感觉具有模糊的特性，能够用语言表达的少之又少。即使一时把握住了，不知何时也会消失殆尽。因此，也许至少可以用祈求的方式，用与现在事实相反的虚拟语气来表达那种感觉。因为吉田总是希望能感到平静、幸福、满足，也希望当时和他在一起的对方（如朋友又野、松本，抑或是大象，抑或是恋人舞子）一直在那儿。只有他们（包括大象）存在着，他就可以永远处于那种感觉满足的状态之中。

短篇集中收录的另外两篇小说《男子五篇》和《吟游生活》，写得也很有意思。《男子五篇》描写了主人公小学、初中、高中、大学以及大学毕业后的经历。特别是在"浪人篇"中，描写了主人公一边在一家镜片制作公司工作一边玩音乐，以及后来主人公辞掉工作开始读书和创作小说的经历。这完全就是作者人生历程的描写。而《吟游生活》是中村航从他的好友河野丈洋作词作曲、摇滚组合 GOING UNDER GROUND 演唱的乐曲《吟游生活》中获得灵感而创作的小说，已经被改编成了电影。该短篇小说讲的是一个叫小川智宏的男孩儿和一个叫蓝的女孩儿通过树洞通信,在信中互诉衷肠的一个不可思议的故事。意外的是有很多读者喜欢这篇小说。

支撑中村航创作下去的是他的非凡的意志和过人的勇气。希望中村航能够专心创作具有自己特色的小说。

最后引用平克·弗洛伊德的 *Wish You Were Here* 这首歌的部分歌词,并附上中文翻译,奉献给各位读者。

Year after year,
年复一年,
running over the same old ground.
奔忙在同一片古老的土地上。
What have we found?
我们收获了什么?

The same old fears.

同样古老的恐惧。

Wish you were here.

希望你也在这里。

张兴

2022 年 7 月 28 日于牡丹园

目 录

译序

关于《希望你也在这里》

1

希望你也在这里

1

男子五篇

115

吟游生活

187

希望你也
在这里

从东京乘坐新干线，四十分钟就可以到小田原。

这个距离说不上远，可也并不是很近。春天的小田原樱花盛开，美不胜收。

走出检票口，抬眼就能看到巨大的小田原灯笼。这种灯笼笼体中部能够折叠，过去被旅人们视若珍宝。据说，手提这种使用最乘寺产的杉木制作的灯笼，就再也不用担心途中会被狐狸、狸子们耍得团团转了，特别令人安心。

白色的光线从站前广场的穹顶洒落下来，抬起头的吉田被晃得眼睛眯成了一条细缝。路两边经营土特产的商店鳞次栉比，卖着海味干货和鱼糕。

吉田感觉这个地方已经变成了灯笼和鱼糕一条街，但是在他的记忆中，对这里印象最深刻的是大象与红豆面包。

吉田第一次来这个车站还是参加幼儿园郊游的时

候,当时也正好是这样一个时间。

下了电车的小朋友们先是在月台一侧排成整齐的两行,然后手牵着手跟在一个年轻女老师的后面,从检票口鱼贯而出。

一群小孩子像小鸭子一样排着队,向着小田原城蹒跚而行。路上有好多家售卖鱼糕的店。小吉田心想:鱼糕店可真多呀!

到了古城遗址公园,年轻女老师指着天守阁对大家说:"大家看,城堡!"

"城堡!大城堡!"

周围的孩子们瞬间喧闹了起来,小吉田心里也很兴奋,这就是城堡啊!遗址公园面积很大,除了这群幼儿园小朋友之外,游客数量很少。朝气蓬勃的孩子们兴奋地在公园里走着,终于到了一个像广场一样的地方。

"大家就在这里玩!"

因为都是幼儿园的小朋友,所以随着老师一声令下,他们立刻就开始玩了起来。有的围着大树跑,有的和老师捉迷藏,吵吵嚷嚷,好不热闹。

回过头来就能看到小田原城。小吉田仰视着就像用方形年糕堆成的城堡,心想:这就是城堡呀!

"我们现在去游乐场!"

小朋友们分成两组,朝着游乐场出发。路上还坐了小火车。

"出发喽!"

小火车行驶途中不但会经过隧道,还能遇到道口,"当当当……",伴随着提示铃声,道口处的停车杆缓缓降下,逼真的样子让小吉田赞叹不已。

孩子们玩得开心极了。不久就到了集合时间。

"开饭喽!吃便当喽!"

"便当!""便当!""美味的便当!"

肚子饿得咕咕叫的孩子们顿时叫了起来。小吉田知道了今天中午要吃便当。大家在罗汉松下铺上垫布，一起放上备好的便当。

对于幼儿园的小孩子来说，吃便当称得上是一场别致的庆典，想到这些，小吉田的心里不禁一阵温暖。打开便当的盖子，四只摆得整整齐齐的圆柱形饭团露了出来。

小吉田吃不惯幼儿园里提供的午饭套餐，平时总是会剩下，可是今天，他轻轻松松地就能吃下了。或许是因为吃的是便当，也可能是因为今天是郊游的日子。这次他感觉自己好像掌握了吃完食物的诀窍，心里为此感到有点得意。

"下面要去看动物喽！"

小朋友们肚子都吃得饱饱的。老师对孩子们发出了最后的指令。

小朋友们登上不太陡的石阶，朝天守阁的方向出发。穿过大门后，便能看到整个天守阁，它面前有个小小的动物园。

里面真的有猴子和狮子。小吉田已经不是两三岁的幼儿了，他能很好地分辨出活物和玩偶。但是，跟自己差不多大的幼儿园小朋友们看到活生生的猴子和狮子时，会不会很害怕或者很慌张呢？

但是，初次看到的活物却在栅栏里懒洋洋的，说实话，那样子并没有引起小朋友们的兴趣。这些活物并未如孩子们所期待的那般富有生气，它们百无聊赖地打着哈欠。狮子不像"狮子"那般威风凛凛，猴子也不像"猴子"那样狡黠敏捷。

但是里面却有一头完全不同于上面这两种动物的大家伙。它那压倒性的气势，把小吉田吓得魂飞魄散。

"这是大象！"

年轻女老师指着右前方说道。手指尖前是一道栅栏，栅栏的另一侧是一条深深的壕沟，壕沟那边是一块混凝土平地，一头大象在里面轻轻地摇摆着身体。

"大象！""大象！"

孩子们纷纷叫喊着。远处小屋子里的野鸡也咯咯咯地叫了起来。

"啊！原来这就是大象啊！"

小吉田仿佛遭到电击一般，身体瑟瑟发抖。他心里悄悄地计算了一下，如果把大象换算成幼儿园小朋友的话，差不多能抵得上五十个吧。

大象在混凝土平台上踱来踱去，行动独特。皮肤上满是皱纹，色彩单调，和绘本上的那种精美形象大相径庭。大象有着十分灵动的眼睛，小吉田感觉那双眼睛在直勾勾地望着自己。

大象朝孩子们这边扬起鼻子的时候，它的巨大身躯再次让小吉田感到震撼。大象完全不是幼儿园孩子们所描述的样子。大象四条圆柱状的粗腿像铁柱一样稳稳地支撑住沉重的身躯，但同时移动起来也出人意料地相当灵活，甚至给人一种在跃动的感觉。

"大象是这样的……"小吉田完全看呆了。

大大的耳朵、长长的鼻子、粗壮的长腿、高大的身躯，无论哪里都让人不能小觑。大象的真实模样与幼儿园的小朋友们、年轻的女老师，以及其他人口中所轻描淡写的那种形象完全不沾边儿。

要是换算成电力，那也相当于300吉瓦级别的高压电。那种超乎寻常的冲击力，简直就相当于春天里一声惊雷落到了幼儿园小朋友们柔软的头上。

快乐的春游结束了，回到家的小吉田睡得像一摊软泥。

第二天，孩子们在学校里获得了一项新指令。

"请大家画一幅春游的画！"

活泼可爱的小A画了自己和同学们吃便当的情景，喜欢战队漫画的B同学则画了狮子，爱搞怪的小C画了猴子，喜欢交通工具的小D画了小火车，性格有些孤傲的小E则画了一幅让人看不出所以然的抽象画。

小吉田决定以城堡和大象为主题作画，他握紧蜡笔开始画了起来。

他原本打算在洁白的画纸上把自己受到的震撼刻画出来，而不是随随便便地画画。

但是过了十分钟左右，小吉田却垂头丧气起来。纸上画出来的大象形象与实际判若云泥。

"怎么画成这个样子？"小吉田对此感到非常困惑。

最终，小吉田自我安慰道："对还在上幼儿园的孩子来说，写实绘画实在是太难了。"把大象的鼻子画得太长也是导致他失败的原因之一。小吉田垂头丧气。

"大象的背上驮着城堡呀！"

温柔的年轻女老师及时送来安慰，小吉田此时也意识到了这一点。虽然没有刻意去画，但是在自己画的画上，大象确实稳稳当当地驮着城堡。一只想象中的大象，驮着迷幻的城堡，摇摆着超级长的鼻子。

"你画得真棒哟！"老师毫不吝啬地送来夸奖，然后温柔地望着小吉田。

这时，小吉田（全名叫吉田直人）心里却在默默地想："我不需要老师的安慰。我现在最需要的是学习写实绘画的技法，老师您倒是教教我呀！"

从那以后，对于小吉田来说，大象与城堡就成了一个组合。

但稍微思考一下，就会发现不是那么回事。大象与城堡的组合在世界范围内都是很罕见的。等吉田理解到这一点的时候，他已经上高中了。

上了小田原高中的吉田，经常来城堡遗址公园消磨时间。

与幼儿园的时候不同，此时的动物园里已经没有狮子了。除了猴子和大象之外，雉和孔雀也还在。

坐在松树下的长椅上，吉田远远地观察着大象。

毫无疑问，那还是原来那头大象。在吉田看来，虽然过了十年，但无论是大象还是远处的城堡，都还是当年的模样。大象还是像十年前那样慢悠悠地走动，还是像十年前那样做着扬起鼻子的动作。

在大象孤独地摇晃着长鼻子的这段时光中，吉田慢慢地长成了一个少年。就体重来说，可能是当年的两倍。但是，即使现在给他绘画用的笔和纸，他也依然无法画出大象的真实样貌。区别只是，现在的他已经认识到：那种模样是根本无法画出来的。

吉田依旧每天都来城堡遗址公园。

他坐在长椅上，一边吃着守谷面包店的红豆面包，一边远远地观察大象。此时的吉田和大象在相同的时间里吹着同样的风,感受着同样的季节。

但实际上,这一年吉田十六岁,而大象已经超过五十岁了。每次吉田都是一个人,大象也是只有一头,而猴子却是每到春天都会增加数量。

小田原城是日本战国时代北条氏的居城,是当时管理关东地区的重要据点。这座城在遭到丰臣秀吉所属军队整整几个月的围城之后才开城投降。度过江户时代二百多年的太平时光之后,最终于明治三年(1870年)沦为废城。

若干年后,这里得到维护,成为公园。从某一天开始,大象与城堡这两个毫不相干的事物在这里成为一对搭档,一同度过了五十多年。

未来会怎么样呢?

这个动物园已经非常破旧,狭小不堪,就像一个微缩景观。既不收取门票,也不举办别致的演出,仅有的一头狮子也不知什么时候不见了。大型动物只有一头大象,其余只是几种对游客没有什么吸引力的小动物。

可以肯定的是,就在这一代,大象也会消失。

这一切与其说是预感,不如说是一种共同认知。

被时代遗忘的大象,在这里默默地存活了几十年。在此期间,它曾受到各种各样的人的喜爱,它在围栏中徘徊、沉默,在那无法形容的绝望之中一直勉力生存。

大象很受欢迎,这一点吉田坐在长椅上就能看得出来。散步的老人,推着童车的母亲,远足而来的小学生们,都以各种不同的表情望着大象,偶尔还会有人冲着它说话。什么都不知道的观光客仅仅因为有大象就能发出惊讶的叫声。

无论何时,这头大象都会一直受人喜爱吧。肯定从几十年前开始就是这样,以后也一定会保持这样……

望着在象舍旁打盹儿的大象,吉田默默祈祷,但连他自己也不知道应该祈祷些什么好……

不久之后,吉田高中毕业,上了大学。

开始在东京生活后,他就把大象的事情给忘了。

虽然有时看到鱼糕和红豆面包他也会想起小田原，但是对独立生活的大学生来说，很少有机会看到这些。

"请给我鱼糕。"

吉田指着柜台上的土特产，叫着店员。这也许是他平生第一次冒出买鱼糕的念头。

时隔三年，再次来到小田原车站的吉田，突然间就有了买鱼糕的举动。连他自己也搞不懂为什么要这样干。心想：权当是给又野捎的特产礼物，见到他时，可以送给他。

"好嘞！"态度殷勤的店员一边答应着，一边娴熟地包好东西。望着店员算账的动作，吉田再次想起大象。它和城堡都还在吗？年迈的大象还在城堡前摇晃着鼻子吗？交钱的时候，他的心里逐渐开始担忧起来。要是大象不在了，那该怎么办？……

接过店员递过来的鱼糕，吉田满脑子都是赶紧去城堡遗址公园的想法。吉田心急如焚地往背包里装东西。在去找又野之前，自己必须先去城堡遗址公园看看。

三年了,要去城堡遗址公园一趟,看看小田原城……

向店员致谢后,吉田背好橙色的背包,转身走了出去。一路上他努力躲避着人流,终于出了广场。出站后向右拐就上了直接通向城堡遗址公园的大路。

最后一次见到大象是在什么时候呢?吉田边走边琢磨这个问题。

所谓最后一次并不是什么特殊的日子,应该是在吉田上高三的那年冬天,记得去公园那天特别冷,一路上还听着平克·弗洛伊德的歌……

那一天的记忆此时慢慢涌上他的心头。

记得那是个下午,好像是刚刚考完试。吉田坐在长椅上,像往常一样吃着红豆面包。

吃完面包的吉田四下张望,确认周围没有人以后,他掏出一包喜力牌香烟,抽出一根,点着了火。由于气温很低,烟草燃起的烟雾和他呼出的雾气混杂在一起,形成了一阵白色烟气,规模比平时大得多。

吉田的耳朵里塞着耳机。音频线从校服的内口袋里向上延伸出来,在下巴的下侧分成两股,再一直延伸到双耳。

耳机里播放着平克·弗洛伊德的《来根雪茄》。

耳机音量很大，把他和外界完全隔绝了。吉田抽完烟之后感到手很冷，就把手插进了兜里。

他整个人都沉浸在了音乐之中。在音乐声里，吉田斜靠在椅背上，远远地望着大象。因为太冷，呼出的气流瞬间凝结成了白雾。

一首歌播放结束，声音逐渐变小，一阵吉他的旋律响起，紧接着又加入了一段如泣如诉的原声吉他。

弹的正是《希望你也在这里》。

蓝调的旋律充满风情，大卫·吉尔摩的吉他演奏直击吉田的内心，抚慰着他心灵深处的某个地方。当时的吉田正痴迷于前卫摇滚。

音乐到底是什么？吉田有时会思考这一问题。

所谓声音，不过是使用频率和波长描述的一种波。借助空气等媒介来传播或疏或密的波，被人或动物的听觉器官所感知，从而形成声音。

以音乐为名的疏与密的循环往复，有时会让吉田的情感摇曳不定，有时会在他的脑海中构建出宏伟的世界。就像大象缓缓地摇晃鼻子。

希望你也在这里……

高中生吉田口中向外呼着白气，痴痴地望着大象。

沉浸在音乐里的吉田心想：这头出生在印度的大象，在这样的日子里会不会感觉到冷呢？眼前的大象动作还是像往常一样缓慢。

过了不久，耳机里响起一曲《继续闪耀吧，你这疯狂钻石》。

此时，吉田感觉音乐世界中只剩下了大象和自己。他感觉这头小田原之主一般的大象和一名身穿校服的自闭高中生，这二者在音乐声中一同呼吸着。

这就是吉田看到大象那天的最后的记忆。

希望你也在这里……

吉田朝着城堡遗址公园加快了脚步。

大象的寿命非常长,据说曾有大象活到近一百岁。那头大象会怎么样呢?想到这里,他加快了脚步。

虽然不清楚它的真实年龄,但这头大象已经相当衰老了。也许吉田在幼儿园郊游时第一次看到它的时候,它就已经是一头老象了。他穿过人流,向前直奔动物园。

从高中前的十字路口右转,就到了公园入口。

从北门进入公园,穿过立着"欢迎"标牌的天桥,就到了城堡遗址公园内部。吉田抬起头,视线穿过树木的缝隙,时隔三年再次见到了小田原城。

原本盛开的樱花此时已经开始飘落。粉色的花瓣在广场鸽的脚下随风飞舞。公园里的人们正在兴致勃勃地谈论着什么。

这应该叫染井吉野樱吧。吉田忽然想起一个不知从哪里听来的故事。

据说这种樱花是从最初仅有的一棵该品种樱花树嫁接繁殖而来的,所以全世界的染井吉野樱相互之间既不是亲子关系，也不是兄弟姐妹的关系。由于它们拥有完全相同的遗传基因，因此在同一个地方的染井吉野樱会在同一时间美丽绽放。

自己的分身在多个地方同时开花是种什么感觉呢？吉田不禁感慨万千。染井吉野樱的灵魂通过嫁接进行繁衍，它们同时美丽绽放，也同时飘零凋谢。

走出樱花大道，吉田跟随人流继续前进。象舍就在前面不远处。终于拐到城堡右侧，吉田紧张地从樱花丛中望去……

目光尽头是一道栅栏，栅栏内侧挖有壕沟。对面的水泥高台上，岿然站立着一头大象！

年轻女老师的声音仿佛在耳边响起。

大象还在这里。顺着当年年轻女老师手指指的方向，那头大象今天也还静静地站在原地。大象理所当然地立于原先那块地方。吉田的内心瞬间从惊讶转为安心，继而喜悦涌了上来。

城堡和老象，这真是一对堪称奇迹的组合。刚刚盛开过的樱花仿佛正在向这一组合献上祝福。

人群的喧闹和鸽子的鸣叫充斥着整个公园。人们纷纷对大象表达着喜爱，同时也在惋惜樱花的凋零。大象以及它所象征着的一切，都受到这片空间的怜爱。

吉田向四周一瞧，哪里都没有空着的长椅，只好走到栅栏前，远远地观察大象。大象饮水的池子里，春天的麻雀正在戏水。

大象代替自己守护了城堡。不知为何，吉田的心里冒出了这样一个想法：大象一直守护着这里的一切，例如城堡或者其他什么重要的东西……

大象摇晃着这座小城里最高大的身躯，守护着这片土地。其中，除了上幼儿园的小吉田的灵魂和上高中的吉田那不断变化的自我之外，还有幼儿园年轻女老师的梦想，幼儿园时代的小伙伴们的灵魂，来散步的老人的遥远记忆，前卫摇滚的灵魂，等等。想到这些，吉田不禁心潮澎湃。

所有的思想、所有的语言、所有的旋律都会被逐渐淡忘。思想会在成为语言之前消失，语言会在说出来之前忘记，旋律会在吟唱前忘却。确实存在过的，确实可能存在的，胡乱保留下来的，不管有无继承，最终都会归零。

这头大象为我们守护着所有的这一切。

它作为这座小城的主人，悠闲地晃动着长长的鼻子，享受着市民们的爱戴……

希望你也在这里……

吉田扶着栅栏，身体微向前倾，凝望着大象的身影。它缓缓地摇晃着身体。远处的野鸡发出咯咯的鸣叫。

象舍的左边，有个小孩一直在发出奇怪的声音。吉田朝那个方向望去，有个像是那孩子的父亲的人，正在那儿吃乌冬面。吉田忽然感觉自己发现了什么。

啊，对了。今天早晨起床后说的第一句话就是"请给我鱼糕"。今天是从"请给我鱼糕"这句话开始的一天。

但是鱼糕什么的有没有都行，吉田突然想起了一件重要的事情。他上高中的时候，总是在这里边吃红豆面包边看大象。此时此刻的他手里缺的并不是鱼糕，而是红豆面包。他必须赶紧去守谷买红豆面包。

吉田的家早已不在神奈川县,他只是在上高中的时候来过这条街。也正因为如此,吉田对这里的印象并没有那么深刻。

但是,对吉田来说,除了守谷的红豆面包之外,别的地方的都不能被称为红豆面包,以后也不会被承认。守谷的红豆面包堪称小田原的骄傲,硬式棒球般大小的红豆面包拿在手上沉甸甸的,很有分量,而其他地方批量生产的红豆面包的馅儿就完全没这么沉。

必须尽快去买,看看是否还像以前那样。守谷的灵魂是否被保存下来了?那红豆面包的馅儿拌得是否仍像以前一样带有自豪感?

对吉田来说,必须守护的东西其实就那么一点点。

"我先坐在长椅上吃红豆面包,吃完后再去见又野。"吉田默默思忖。

"有鱼糕,你要吃吗?"

"鱼糕？"

舞子扭过头来，满脸的不可思议。

已经过了傍晚六点，大学的研究室里现在只剩下吉田和舞子了。两人各自对着自己的电脑，忙着各自的工作。

在这个研究室里，吉田负责的研究题目是《异种材料连接部分强度解析》，而舞子的题目则是《仿真震动解析》。

"这可是小田原的特产，特别好吃。"

吉田说着，从橙色的背包里取出印有"铃广鱼糕"字样的纸包。舞子盯着鱼糕看了会儿，继而抬头望着吉田的脸。

恰巧就在此时，傍晚六点半的报时钟声响起。《晚霞渐淡》[1]的旋律响彻仅有二人的空旷房间。

"尝一尝？"

"嗯。"

舞子满脸笑容，吉田很喜欢她笑起来脸圆圆的

---

[1] 中村雨红于1919年发表歌词，草川信于1923年作曲的童谣。2007年入选日本之歌百选。译者注，下同。

样子。

"那我来沏茶。"

"好的!"

吉田迅速站起身来,走出了研究室。

研究室里有电热水壶,可以泡茶和咖啡,也会有人用来泡泡面吃,其他什么都干不了。于是吉田朝大楼一角的开水房走去。

在开水房里,吉田先仔细地把手洗干净,然后剥开鱼糕的包装纸,取出常备的一次性纸盘。

虽然没有菜刀之类的工具,但这难不倒吉田。他一直随身携带的多功能小刀就是为了应付这种情况。这把只有小拇指大小的工具刀,具有起瓶、开罐、切割、剪切、锉磨这五大功能。

吉田先用热水给小刀消毒,再把鱼糕切成一口一块的大小。他边吹口哨边把鱼糕装盘,并一根根插上牙签。

吉田把鱼糕端回研究室时,舞子已经泡好了茶在等他。

大工作台上铺有绿色的防静电板，吉田与舞子两人坐在台子前。吉田把装有鱼糕的纸盘放在两人之间，说了声"请"。

"这个……"舞子凝视着鱼糕，然后又疑惑地抬头看着吉田问道，"你是怎么切开的呀？"

"用这个。"

吉田冲舞子扬了扬手里的多功能小刀。

"人生难测……"吉田就像一个保险公司的业务员一样，对舞子说了起来，"人活着的时候，有时会遇到类似需要切鱼糕这样的场景。比如火腿有时也需要切一切，或者突然需要打开罐子、拔出瓶盖，再或者用锉刀打磨什么东西……，为了应付这些可能出现的情况，我一直随身带着这把小刀。非常简单实用。只要拿着这把小刀，人就会增加五种技能。"

"好神奇！"

舞子满脸真诚地望着吉田。

那是一双黑白分明的眼睛，亮晶晶的瞳仁仿佛充满勾魂摄魄的魔力。吉田每次和她对视时，总有种特殊的感觉，抑制不住地心潮澎湃。

舞子很快垂下眼帘，夹起鱼糕，边吃边轻轻地夸赞："真好吃！"

"你怎么会去小田原呢？"舞子问。

"去见又野，结果没见到他。"吉田说。

"又野？"舞子继续问。

"嗯，我的一个老朋友。"吉田回答。

算起来，又野是吉田从上幼儿园时起就认识的老朋友了。大约两年前，两人曾经通过一次电话，一年前吉田再次联系又野，但电话没有接通。因为又野本就是那种性格的人，吉田就没太在意。但是今年，吉田就有点担心起来，于是尝试了所有能想到的办法，但都没有联系上他。

就在昨天，为了拜访又野，吉田时隔三年再次跑了趟小田原。在吉田眼里，又野可以说是小田原最后一个正统的混混了。

"又野是一个不良少年，人非常聪明。他非常喜欢射击游戏，但又打得太差，不过打架倒挺厉害。从一年前开始就联系不到他了。"

吉田连续夹了几块鱼糕,接着说:

"就连这个鱼糕也是原本打算给又野的伴手礼,可是公寓门牌上的住户姓名已经改成了别人的名字,估计他已经不在小田原了吧。"

"原来如此!"舞子说。

估计又野已经不在小田原了,想到这里,吉田心里又悲伤了起来。也许,这辈子再也见不到他了。一期一会这样的事情,就这么出人意料地轻易发生了。来东京的第三个年头,吉田更深刻地理解了这个道理。

两人独处的研究室里很安静,电脑风扇发出的嗡嗡声清晰可辨。无意中发觉舞子一脸悲伤的表情,吉田有点慌张起来,赶忙补充道:"不过大象还在。"

吉田开始激动地讲述起城堡遗址公园里那头老象的故事:大象与城堡的组合是多么不可思议,大象超乎想象的巨大身躯,樱花绽放时的美丽绚烂……

不知为什么,吉田在舞子面前总是变得能说会道,这一点就连他自己都觉得不可思议。

"后来，我还坐了大雄山线。"

"大雄山线？"

"是的，大雄山线电车共有三节车厢，可是乘客却只有五人。小田原的下一站是绿町，这个距离短到几乎刚'咣当'一声从小田原出发，再'咣当'一声就到站停车了。从绿町站都能看得到小田原站的小卖部呢。天底下哪还有距离这么近的站点呀？！"

说着说着，吉田回忆起了自己小学六年级时的一件事。

当时，吉田和又野一同专程跑去小田原买手办，可却没有找到想要的，俩人失魂落魄地踏上了归途。

"我们来和电车赛一赛，看哪一方先到达绿町吧。"

来到车站前的又野突然提出了这个建议。吉田心想：又野一定是觉得好不容易来一趟，就这么回去了的话，有些不甘。

两人沿着商业街往前走，在车站停车场的一侧停下来观察路线。从这里刚好能看到目前正在停车的电车的车头。

于是又野提议："就把这里当成起点。"

两人在电车线路旁观察着电车的动静，等待出发的时刻。从小田原出发的电车，开着门停了很长一段时间，终于，他俩看到电车司机进了车头的驾驶室。

发车的铃声响起，电车广播声传了过来。就在声音结束的一瞬间，又野飞一样地冲了出去。

沿着商业街笔直的马路，又野跑得飞快，吉田则在后面拼命地追赶。

二人从向日葵美容店旁跑进一条小巷，接连从两三户房屋之间穿过，直奔绿町站。途中又野只回了一次头，望了一眼吉田。

在快要到达绿町站的时候，两人终于看到了刚离站的电车。很可惜，这场比赛还是电车更胜一筹，留下气喘吁吁的二人扬长而去。

又野懊悔不已地望着电车远去的背影大喊："等我上了初中，一定会跑赢你！"

绿町站是无人售票车站，二人在自动售票机上买了两张车票，坐下一班车回去了。

此时，已经是大学生的吉田在回忆的时候想到，如果当时只有又野一个人和电车比赛的话，也许就能赢了。可是现在又野已经不知所踪……

吉田吃着鱼糕，美滋滋地啜着茶。"真好喝呀！"吉田边喝边想：与自己泡的茶相比，为什么舞子泡的茶要好喝得多呢？

"在回程的电车上，我们看着太阳落山的样子，真是壮观啊！"吉田回忆道。

"真的吗?!"舞子赞叹。

去了又野原先的公寓，发现他已经不住在那里了，伤心不已的吉田独自登上了回程的大雄山线。

"又野已经不在这里了。"

他坐在摇摇晃晃的电车里难过极了。可窗外的夕阳却呈现出无比壮丽的景象。

"太阳红得像火，让人感动不已。"

"是吗？"

"虽然这再普通不过了。"吉田继续描述。

"嗯。"舞子忽然笑了起来，吉田感觉有点紧张。

"总感觉……"

"嗯,感觉什么呢?"

"……"

吉田一时想不到合适的词语,思维一片混乱。

吉田很想让舞子明白自己看到那夕阳时的心情。就像干完了一件事,却又有那么一丝淡淡的人生如梦的感觉。这种感觉究竟用什么语言来描述才好呢?要是能告诉她就好了……

那是种什么感觉呢?

电车上,吉田很快就进入了半梦半醒的状态。过了五百罗汉站,电车来到一个缓缓的弯道上。这时,微微倾斜的车厢内照进一片朱红色的光线。朝窗外望去,一轮橙色的夕阳缓缓落向地平线。

吉田从倦意中慢慢醒来。外面重峦叠嶂,非常壮观。远处的房顶、田野、山峰都被染成了金黄色,熠熠生辉。电车在咣当声中向前飞快行驶。

原来如此!吉田突然明白过来。这个世界是如此真切,如此美丽……

就在此时，这一念头咔嚓一声嵌入心里的某个地方。与往常不一样的是，他感觉世界变得真实起来，这让吉田的心跳不由得一阵加速。但是那种感觉很快便仿佛被风吹散了一般，转瞬间消失得无影无踪。

"真好吃，谢谢你！"舞子道了谢。

"嗯！"

吉田把剩下的茶一饮而尽，夹起剩下的最后一片鱼糕送进了口中。

收拾好桌子之后，舞子回到工位开始工作。随后吉田也站了起来，紧随其后。虽然他还谈兴正浓，意犹未尽，可实在已经不知道说什么好了。为了准备研究会月度报告的相关资料，他还有很多事情要做。

回到座位，电脑画面还处于待机状态。随着吉田按下按键唤醒电脑，工作表格又显示了出来。

吉田把注意力集中到屏幕上，那是花了两个月测定的应力数据，足足有一万行。抬起头，就能看到坐在研究室右侧角落里的舞子的背影。

我们能够分享鱼糕了，吉田心想。我还有其他东西想要和她分享,但是那些东西恐怕无法用语言进行描述。吉田又回忆起昨天看到的情景。

闭上眼睛,记忆立刻清晰起来。吉田想起来即将西沉的夕阳、连绵的山峦的形状以及光线照射下空气的颜色。甚至能忆起那柔软桌布的触感,脸颊贴在上面时车窗玻璃的温度,以及火车行驶时产生的震动。

但是,与那种感动类似的某种感情却没有在吉田内心深处苏醒,而是在一个好像能够着却又无法够到的位置似有若无地飘荡着。

感觉具有模糊的特性,能够用语言表达的少之又少。即使一时把握住了,不知何时也会消失殆尽。因此,也许至少可以用祈求的方式,用与现在事实相反的虚拟语气来表达那种感觉。

Wish you were here!

吉田轻轻地睁开紧闭的双眼,视线又回到眼前的工作表格上。那些复杂的应力数据,正等着吉田去解析,可是他的眼睛老是不自觉地会被舞子的背影所吸引。虽然近在咫尺，但纵有千言万语，却不知从何说起。

吉田与舞子第一次说话是在两个月前。在研究会的碰头会上，两人才彼此相识，碰头会之后，两人都去参加了聚餐。

研究会的成员共同举杯之后，各自进行了简单的自我介绍。参加的成员有十一名男生、三名女生，另外还有三名研究生和一位教授，一共十八人。由于大家都来自同一个专业，因此即使不知道姓名，彼此也还是很面熟的。

十八个人参加的餐会热闹非凡。教授热情洋溢地讲解了什么叫最优形状设计，几位师兄也针对如何更好地利用研究室进行了说明。新来的成员时而心领神会地颔首致意，时而针对不了解的地方提出问题，纷纷寻找未来一年中自己的定位。

酒过三巡，餐会进入后半程，酒酣耳热，大家开始交流起感兴趣的话题，成员们很自然地分成了几个小圈子。

一个圈子以教授为核心，围绕未来的就业问题聊了起来。旁边是一个热议他们自己喜爱的"机动战士"的圈子，再旁边是一个聊他们喜欢的足球队的圈子，离得稍远一点的是吐槽圈子和漫画圈子。中途，吉田从争论愈发激烈的"机动战士"那一伙儿脱身出来，去上洗手间。

回来一看，最边上的座位上坐着舞子。吉田记得舞子刚才是在软色情圈子那儿的，这会儿她机智地脱身了。

吉田坐到了舞子对面。

"一起干一杯吧！"吉田发出邀请。

"可以悄悄碰一杯。"舞子回答。

甘甜的米酒刺激着酒兴正浓的两个人。

"我们俩干多少杯都行。"

吉田一连重复了三次"好的！"。

"人生就是干杯！"

舞子笑着举杯和吉田手中的酒杯碰在了一起。两人组成了一个小小的圈子。

我是不是有点醉了？管它呢！吉田一边在心里嘀咕着，一边冲着舞子滔滔不绝地把自己的出身如竹筒倒豆子般地和盘托出。

吉田出生于南足柄市。小学三年级的时候做过盲肠手术，中学的时候手臂骨折过，高中一年级那年夏天起开始一个人在小田原生活，当时家人搬到了九州。还有去年得了感冒，怎么也好不了……

"南足柄市……"

舞子斜握着大啤酒杯，喝着啤酒。她的动作非常优雅，仿佛就像涌过来又涌过去的浪花一样，温柔而不喧嚣，让吉田钦佩不已。

"南足柄市和北足柄市有什么区别？"舞子问道。

"日本没有北足柄市呀，也没有西足柄市和东足柄市。"吉田连忙解释。

"有座山叫足柄山吧？"舞子继续问。

"是的。传说很久以前是金太郎和大熊练习相扑的地方。"吉田回答。

舞子又啜了一口啤酒，这一次，吉田观察得很仔细。

在吉田眼里，舞子喝酒的样子不是一种动作，而更像是一种现象。"婀娜多姿"这个词用在这里恰到好处，舞子看上去优雅大方、悠然自得。

"舞子你是东京人吧？"吉田问。

"不是，我是冈山人。"舞子回答。

"冈山呀！"

说起冈山，桃太郎最有名了。吉田感觉真是命中注定。

"桃太郎在那儿很有名吧？"吉田问。

"嗯！"舞子回答。

"桃太郎的话，据说是从桃子里生出来的。"吉田半开玩笑地调侃道。

"好像真是这样。"舞子笑了起来。

"那么，你觉得桃太郎和金太郎谁更厉害？"吉田发问。

"应该是桃太郎吧。"舞子回答。

"舞子小姐！"吉田哼地笑着叫道。

这四个字他说得很慢。叫完之后,他感觉这个名字与舞子这个人的形象非常贴切。

"我完全能够理解舞子小姐对自己故乡的英雄的爱戴之情,但只有这点理由是不行的。"吉田说。

"不是呀!桃太郎连鬼都打败了呢!"舞子继续解释。

"嗯,桃太郎确实是个有担当的好汉,无论做什么事都总是很有计划,是个很有前途的人。他穿着盔甲,武装到牙齿。但是,如果双方赤手空拳、一对一较量的话,他是打不过金太郎的。要是真打起来,他肯定一个回合就会被金太郎揍飞,哭着鼻子逃回老婆婆家去吧。"

"你怎么这样说?!"舞子很不满地说道,"桃太郎可是有帮手的。"

"我知道。"吉田继续说道,"桃太郎确实用糯米团子收买了狗、野鸡和猴子,但是金太郎和山上所有的动物都是好朋友呀。友情可不是小小的糯米团子所能买到的。"

"这样呀!"舞子很失望。

"不好意思,我并不是说桃太郎不好。"吉田赶忙解释。

舞子低下头,凝望着杯子。

"可是……"舞子忽然抬起了头,"你说的金太郎,是不是穿个红色肚兜,拿着一把短柄斧?"

"是的,大概就是那个样子。"吉田回答。

"发型也像河童头那样,是吧?"舞子追问道。

"是的!"吉田有点疑惑。

"这样一来,"舞子轻轻地笑了起来,"我觉得跟你说的金太郎比,桃太郎会更受欢迎吧!"

"这……"

吉田很想说她这是强词夺理,不过最终还是把这句话咽回了肚子里。这真是个令人错愕的事实,吉田发现自己似乎从来没往这方面想过。

"确实如此!"这一局,吉田输得很惨。背着短柄斧的秃头半裸男,看起来确实不会很受欢迎。吉田也开始正视这一重要事实。

英雄无论力量多么强大、性格多么温柔，一旦长相不讨喜，那种优秀就会大打折扣。无论他力气多么大，多么有领袖气质，长得丑就会被扣分。

"金太郎也挺可爱的，我觉得。"舞子安慰吉田。

"谢谢！我认为桃太郎是除了金太郎之外的第二强！"吉田回答。

轻轻地碰了一下杯，两人继续聊起了其他话题。比如：金太郎是历史上真实存在的人物；马上就到春天了，可是现在仍旧很冷；为什么要选择这个研究室；求职的进度怎么样；意外没过的考试；人生最受欢迎的阶段是刚出生的时候……

"不好意思，我抽一支烟。"

吉田抽出一支喜力牌香烟，点着了火。

和女孩子在一起时，吉田只允许自己抽一支烟。虽说抽烟这一行为并不是文明人该有的嗜好，不过对于立志成为品行端正、性格开朗的男子汉的吉田来说，抽烟是为了保留对又野的一丝怀念之情。

舞子盯着吉田的手，仿佛是在看一样稀罕的东西。

"看起来好合适。"舞子说。

"什么合适?"吉田问舞子。

"我是说这个喜力牌香烟的包装盒配吉田很合适。"舞子说。

对吉田来说,曾经有人说他抽烟"不合适",被夸"好合适"还是第一次。

"不过,烟还是戒了为好。"舞子建议。

"明白,"吉田接着说道,"时机到来,我会立马戒掉。"

"你所说的'时机'是指什么?"舞子问。

"指什么呢?……"吉田不知如何回答。

"是指失恋吗?"舞子追问。

"不是。"吉田仰起头吐出一团烟雾,随即便掐熄了烟,说道,"大概是要开始做什么重要的事情的时候吧。"

"啊?"

舞子望着吉田,露出了微笑。

在吉田看来,笑起来的舞子脸颊到下巴的曲线接近圆形,并且近乎那种完美的正圆,半径为 0.04 米的美丽曲线。

虽然吉田真心希望欣赏这段曲线的时间能再久一点，但是，足球那一伙儿有个男生已经开始收取今晚每人的会餐费了，他挨个儿告诉大家聚餐马上就要结束了。

愉快的时光总是那样短暂。吉田感到一丝悲伤。他努力掩饰着自己的感情，从钱包里取出四千日元，交了会餐费。他心里默默在想：大家在这种时候是不是也会感到悲伤啊？

"再见啦！"临别之际，舞子对吉田笑着打了声招呼。这一刻，吉田不禁感慨，人类的笑容也许就是为这种时刻而准备的吧。一路上，回味着舞子的笑容，吉田开心地回了宿舍。

那天见到的舞子的笑容，深深地烙印在了吉田的脑海里。每次想起的时候，都仿佛在心里投下一枚石子，激起一圈圈涟漪。对吉田来说，那张圆圆的小脸弥足珍贵。

从那以后，吉田开始特别关注舞子。每次在研究室里遇到她，吉田都会感到特别开心，心想：又看到那张圆圆的脸蛋了。

为什么舞子会对自己露出那样甜美的微笑呢？吉田有时会心存疑虑。但是，细心观察就会发现，舞子无论对谁，都一视同仁地热情。无论是面对教授、朋友，甚或是吉田唯恐避之不及的"细波"，舞子都能从容应对。

"怎么办？"吉田感到一阵心烦意乱，"不能这样想！"他好容易才让自己平静下来。而实际上，这本身也是一件很好的事情。

世界应该充满和平和快乐，这是吉田长久以来的想法。要实现这一理想，首先就应该在日常的待人接物中充满热情。只有对他人、对世界充满热情，才会产生正面的连锁反应。这一行为高贵无比，甚至可以算作世界三大美德之一。

但是，真正长袖善舞的人，自己的身边会有几个呢？可以说仅凭这一点，舞子就算得上是一个了不得的人……

吉田在大部分人面前都无法打开心扉，这也许是由于他长久以来都只和善于理解和倾听的人打交道，在社交中较为幼稚吧。也许，作为一个不受欢迎的青年，在不知不觉之间，他参与进了世界上那些肮脏和冷酷的事情之中。

"咚——"

走廊里响起熄灯的报时声，吉田看了看时间，此时已经过了十点。

工作表格显示应力数据仍在等待处理。研究室右侧一角，舞子伸了一个懒腰。

"怎么样？差不多该回去了吧？"舞子悦耳的声音传来。

"嗯！"

虽然数据处理的工作几乎没有什么进展，但吉田还是决定停止工作。这些事情，明天早上早点儿来继续干就行了。

吉田与舞子一同出了研究室,一直走到车站。这是两人第一次一起回家。

真是太棒了!吉田特意把这一天定为"鱼糕纪念日"。

◇

从这一天("鱼糕纪念日")开始,吉田和舞子两人就经常相约一起回家。

一方面,两人经常最晚离开研究室,另一方面,他俩回家的方向也相同。当然,说是一起回家,其实只是一起乘坐电车,然后各回各家而已,并没有什么更加亲密的举动。但是,对于吉田来说,同舞子一道走和自己一个人走,心情判若云泥。

随着研究工作越来越忙,两人一起走的频率逐渐增加。渐渐发展到了早晨一见面,两人就商量今天工作忙不忙、什么时候一起下班的地步。

这种模式让吉田感觉非常新奇,因为在他迄今为止的人生经历中,类似的事情似乎没有过。确切地说,是从未发生过。

正因为如此，吉田对此非常上心。他在心里提醒自己可不能得意忘形，人家舞子是对整个世界都充满热情，并不是对自己特别有好感。

但是，能在车厢里和舞子交谈，这对吉田来说是一件特别开心的事。往往直到他回到宿舍，那种激动的心情都还久久不能平静下来。

回到一个人的房间，舞子的模样浮现在吉田眼前。她那白皙的双手、灿烂的笑容、悦耳的声音，还有让人感到亲切的小圆脸，这一切都让吉田魂牵梦萦。

吉田提醒自己：千万不能得意忘形。他小心谨慎地把想象和现实彻底分开，丝毫不敢麻痹大意。但吉田还是渐渐地有些陷入妄想状态，他觉得能够与舞子分享的东西，未来会逐渐增加……

两人能够分享的东西，并不只是鱼糕。快乐的、温柔的、美的、真的，只要是与舞子一起，即使是看相同的东西，做相同的事情，感受相同的体验并通过语言来交流，一旦两人能够在想法上产生共鸣，相互间就会有那种"你特别懂我"的感觉……

每当想到这些,吉田的大脑深处仿佛就会出现有什么慢慢融化掉的感觉。

于是吉田就会回忆起在图书室里发生的事情。

那天发生在图书室里的事,给吉田留下了完美的印象。每当想起来,吉田的心底就会涌出一股暖流。对于吉田来说,恢复它原来的样子,才是自己活着的目的。

对于吉田来说,回忆起那天在图书室里发生的事情,就是回忆起所有的一切。这个开头要从吉田小学四年级时说起。

四年级第三学期①开始的时候,吉田和同学们必须选择加入一个委员会。也许是一时心血来潮,又野向吉田发出了邀请。

"吉田,咱俩当图书委员吧!"

对吉田来说,只要是又野的邀约,无论是上刀山还

---

① 日本的小学一般是三学期制,四月到七月是第一学期,九月到十二月是第二学期,一月到三月是第三学期。各个学期之间有暑假、寒假和春假。

是下火海他都会跟着。当时的他真的就是这样，只要又野说走，即使是去麦哲伦海峡，他也会义无反顾地随他而去。

两人一起报名当图书委员，双双顺利当选。和他俩一起的，还有同班一个叫松本的女孩子。

第一个委员会活动日，首先是老师来教委员如何工作。

"请选择自己喜欢的书！"

三人按照老师的吩咐，分散在图书室众多的书架旁找书。

又野呵呵地笑着，选了几本看起来有些蠢的书。松本选了一本看起来非常神奇的带有插图的外国翻译小说。而吉田则在反复挑选后，最终拿了一本《钓鱼入门》。

在老师的带领下，三人开始模拟借书流程。

扮演借书的读者的人要写好图书卡片，交给柜台旁的图书管理员扮演者。而图书管理员扮演者则需要把卡片放到指定的盒子里。还书的时候，图书管理员扮演者在图书卡片上盖上"还"字图章,并将卡片放回至书的扉页。在卡片上盖章是一件很有趣的事。

"接下来,请把归还的书放回书架。"

老师教会了孩子们标签的认法和书架的分类。吉田根据标签,把又野借的书放到"i"号书架,又野把松本借的书放回"ho"号书架,而松本则把《钓鱼入门》放到了"ro"号书架。

吉田明白了这就是所谓图书馆系统。拥有大量藏书的图书世界,却是根据连小学生都能理解的简单规则开展运营的,这一切令吉田感到非常激动。想到今后自己就要和这个系统打交道,甚至让吉田产生了一种使命感。

除此之外,图书委员还有许多其他工作要做。比如记值班日志,整理散乱的图书,提醒大声讲话的人保持安静,临走的时候关窗户,等等。

这份工作每周要干一次,时间是在每周三的放学后。第一周的时候,聚在图书室里的三人兴致勃勃地进到了柜台里。

由于柜台只允许图书委员进入,所以对于三个孩子来说,这是个特别的地方。物品和工具都收拾得整整齐齐,摆放在规定的位置上。这个窄窄的类似商店一样的办公场所,大小正好能够容纳三个小学生。

三人坐在柜台里。又野在右,松本在左,吉田坐在正中间,柜台长桌把三人围住。写着今天的日期和归还日期的塑料板日历被摆在桌子边上,旁边放着用来装图书卡片的木盒。

从柜台能够展望整间图书室,但是,却连一个读者也没有。

柜台里的三个人中,又野在漫不经心地开关抽屉,查看归还箱,试盖图章,吉田胆战心惊地看着又野摆弄,而松本则专心致志地往值班日志上填写今天的日期。

又野检查完所有物品之后,又从背后戳吉田,吉田小声地抗议说"住手",而松本则嘻嘻地笑作一团。过了一会儿,又野再次出手,依然是吉田抗议,松本看笑话。

因为不敢弄出较大的声音,所以三人声音都非常小。

放学的铃声响起。一个六年级的女生来还书。吉田在卡片上盖上"还"字图章后,又野敏捷地跳出柜台,跑着过去把书归还到"ha"号书架。这样,当天的工作就全部完成了。

第二周,三人再次聚在柜台里。

松本默默地拿了一本小说读了起来。吉田则远远地望着放有与甩钓法相关的书籍的角落。

说起甩钓,抛出鱼钩、准确打窝是第一要义。因此,如果没有反应,就需要横向移动身体。不一会儿,看厌了那本无聊的书的又野悄悄地说:"喂,吉田,来玩忍者游戏吧!"

"……好的。"

所谓忍者游戏,就是一种类似捉迷藏的玩法,类似不使用罐子的踢罐子的游戏。虽然知道在做委员工作的时候不能玩游戏,不过也许今天也不会有读者来。况且,按照吉田的性格,又野走到哪儿他就会跟到哪儿。

"玩不玩?"

又野又嘿嘿地笑着问了一下松本。

"嗯!"松本点点头,望着吉田和又野。她对和平时并不怎么来往的两个人一起玩游戏很感兴趣。

三个人刻意压低声音,小声喊着"石头剪刀布"。两次平局之后,出布的吉田成了第一只"鬼"。

三人悄悄地走出柜台。他们把放白色塑料板日历的地方定为"鬼"的营地。

吉田右手扶着日历,慢慢闭上眼,压低声音开始唱数数歌。

达摩摔倒了,达摩摔倒了,达摩摔倒了。三四郎笑了,三四郎笑了,三四郎笑了。果冻大胃王,果冻大胃王,果冻大胃王。下堂前孝好,下堂前孝好,下堂前孝好……

用这种五字一组的方法,吉田很容易就数到了二百,睁开了眼睛,看到塑料板日历还在和自己闭眼前相同的位置。吉田缓缓回顾四周,下午四点左右的图书室里仿佛一个人都没有。

图书室内仿佛只剩下光、空气,以及数千册书籍。书架、椅子、桌子……目光所及之处,都是可以躲藏的地方。吉田轻轻地吐了一口气,调整了一下呼吸,抬头看了看时钟,现在是下午四点二十分。他首先蹑手蹑脚地向左移动,确认那里没有任何人之后,又移动到右侧,寻找右侧里边的地方。

书架对面,在光线的映照下,悬浮在空中的灰尘让吉田能够观察到大团的空气有被扰动的迹象。吉田向里面走去,他感觉有人隔着书架悄悄地躲在那里,他翘起脚尖往里一瞧,发现松本蹲在那里,于是便跑回了营地。

"松本被忍者找到啦!"

吉田小声宣告胜利,同时用手摸了下塑料板。

从后面跑过来的松本失望地停下了脚步。于是,松本成了俘虏,不好意思地笑着把手放在营地(塑料板)上。

吉田又开始和又野斗智斗勇。他自觉体力方面不如又野，这次打算智取。他一方面小心翼翼地保证自己和营地之间是一条直线，这样比较容易返回；另一方面，他尽可能地压低身体高度，坚持不懈地搜寻又野，最后甚至想到了把自己隐藏起来，从书架缝隙间寻找又野的踪迹的战术。

不久以后，耐不住性子的又野探出了头，就在这一瞬间，吉田跑回了营地。

"又野被忍者找到啦！"

吉田小声地宣告了自己的胜利。放弃反抗的又野嘿嘿地笑着从书架后边走了出来。

图书室里禁止大声喧哗，但忍者游戏只需窃窃私语就能玩。三人继续玩忍者游戏，下一局轮到松本当"鬼"。那一天三人玩得可高兴了。直到图书室关门，也没来一个读者。

第三周，三人照旧玩忍者游戏。接下来的第四周和第五周也是继续玩忍者游戏。他们甚至还制定了图书室特别规则，即无论是谁，只要大喊大叫，就立刻结束该轮，罚喊叫的那个人当"鬼"，直接进入下一局。

这种委员会活动，基本上到学期的一半时，大家就会厌倦，最后不了了之。而吉田他们三人却一次不落地坚持参加。

"吉田，该走啦！"

一到周三，又野就会笑嘻嘻地来找吉田。到了图书室，就会发现松本也准时在那里等着。

到了后来，三人干脆就不进柜台了。聚到一起就直接石头剪刀布决定谁当"鬼"，其他两人就跑去寻找藏身之处，开始玩游戏。

他们经常躲藏的地方是书架后面。每当发现"鬼"在附近，另外两人就会悄悄绕到另一侧。望着"鬼"找了半天，白忙一场的时候，其他两人就会偷偷地乐。

当有人来还书的时候，就由扮演"鬼"的人负责接待，这时游戏暂停。到了放学时间，三人就填写一下值班日志，关上窗帘，走人。

这种不发出声音、就三个人玩的特别的忍者游戏一直持续了下来。这是种安静之中带着激情的游戏，三人认为会永远这样持续下去。

到了冬日将尽、临近开春的时候，第三学期也行将结束。从吉田的感受来说，那一天似乎是冬天和春天的衔接点。

离开正在报数计时的松本，吉田和又野把各自身上穿的夹克进行了交换。两个人憋住笑，脱掉夹克，换成对方的，然后兵分两路，各自蹲下，藏在书架背后。

吉田和又野两人远远地隔空相望，捂着嘴笑个不停。又野穿着吉田的橙色夹克，吉田则穿着又野那件看起来有点傻的夹克衫。等松本报完数之后，躲着的两人不约而同地屏住了呼吸。

耳边传来松本在图书室中央行走的窸窸窣窣的声音。吉田悄悄绕到书架对面，靠着书架抱头坐下。因为他觉得，身上这件又野的夹克被松本看到也没什么关系。

很快，三人的气息变得和图书室的空气一样透明。吉田努力把脸贴近膝盖，耳边传来自己的呼吸声，最后甚至干脆屏住了呼吸。图书室窗帘大开着，午后的阳光从窗外照射进来。

从很近的地方传来嘎吱嘎吱的声音。这是亚麻地板和鞋底分开的动静。吉田能够感觉到,松本就在自己身后。

松本当时的确就在吉田背后。两人隔着书架,各自屏住呼吸,不让对方发现。吉田紧张得浑身冒汗,甚至能听见自己扑通扑通的心跳声。

啪嗒一声。

远处传来书落地的声音。吉田猜想:这肯定是又野为了吸引松本的注意力而故意弄出的声响。

松本的注意力转向了又野那边。吉田刚才紧绷的神经像春天的积雪融化一般松懈下来。

吉田慢慢抬起头。早春三月的阳光刺眼而温暖。吉田感觉整个身体从头顶到脖子、由肩至腰逐渐松弛下来。他这才发现,自己手脚无力,整个人像融化的黄油一样瘫成一团。

三人的气息完全消融在阳光之中,图书室里悄无声息。

吉田的脑海中浮现出一座天空竞技场。透明的穹顶笼罩着三人，所有的声音乃至时间都被吸入进去。

"好幸福！"吉田的心里忽然升起一股暖意。这是他第一次萌发出这种感情。从出生到十岁的这段时间里，吉田从未体会过什么是"幸福"。也许这种感觉他也曾有过，但是却从未像今天这样切身体会到"幸福"这个词的含义。

此时的吉田内心充满满足之情。他完全沐浴在那种瞬间感受到永恒、手握乾坤的美好感觉之中。

无论何时，吉田总感觉缺少点什么。他总是感觉孤独寂寞，想要什么东西，寒冷和悲伤一直伴随左右，心里总有疙瘩，总希望内心能获得平静。虽然有时也并不是这样，但那只是因为某件事而被打断，暂时忘记了这些罢了。很快，内心的不满足感便又会卷土重来。

但是那一天，吉田感到非常放松，万分满足。那时的他感觉自己仿佛拥有整个世界，什么也不缺。记忆中的那种感觉，类似喜悦和憧憬，全身充满了生命之初时的那种温暖。那一幕，作为世界与自己完美融为一体的象征，令吉田记忆犹新。

吉田知道在那一天之前，自己的世界肯定是完整的。小时候的吉田所在的小小世界，在一种巨大的力量的守护下，一直在正常运转。因此，最后他屏住了呼吸，成功地躲藏了起来。他就想一直这么躲藏着，心里希望世界永远保持这个样子。

后来，仿佛从梦中醒来一样，吉田被抓到了。

三人换了位置，吉田和又野也重新穿回自己的衣服，继续悄悄地玩着不知已经是第几局的忍者游戏。

第三学期结束后，图书委员的工作也结束了。三人升入五年级，被分在了不同的班级，各自加入了不同的委员会。

当时那种幸福的满足感，短暂陪伴了吉田一段时间，但不久就消失得无影无踪了。虽然吉田也曾想着努力去追一下，奈何感觉这种东西转瞬即逝，无迹可寻。

每当自己被某件事情感动的时候，曾经的那种感觉的小尾巴仿佛就会再次出现，但是，当吉田伸手想去抓的时候，小尾巴却总是会干净利落地逃掉。

小学生不能永远逃避下去！

吉田猜测，又野肯定早就已经明白了这个道理。又野和母亲、妹妹三人共同生活。"他可能在某个地方活得很好。"还是小学生的又野嘿嘿地笑着谈起了自己的父亲。

又野没有叫上吉田，而他自己则是从那个时候开始走上"邪路"的。也许他还做过很多超乎吉田想象的事。

不久以后，吉田他们小学毕业，上了初中。而又野则毫无悬念地成了一个不良少年。

对又野来说，从很久以前开始，就明显存在一个缺憾。而为了弥补这个缺憾，他选择当一个混混，似乎合情合理。

他作为一名"有理由"的混混，从一开始，就以绝对优势凌驾于那些"没有理由"的混混之上。因为身材魁梧、很会打架，同年级没有同学敢反抗他。到了初二，又野的恶名已经传遍了附近的几所初中。

从远处看，又野拥有一颗伤痕累累而又长满倒刺的心。他的短外套下摆上坠着链子，光是走路的样子就能把周围的人给震慑住。传闻中的又野就是这样在家庭法院的不停传唤中度过了躁动的青春时代。

而吉田的中学生活就像大青虫一样普通。

吉田认为：如果他和又野表现得太亲密，就会妨碍又野的"霸道"。关于小混混和大青虫之间的立场界限，吉田分得很清楚，也不想改变。但是，如果偶尔在走廊上遇到又野，又野就会笑嘻嘻地凑过来，一边在嘴里喊着"喂，吉田"，一边用手指捅吉田的腋下逗他。又野做这些事情的时候，笑容一如小学生时的模样，丝毫未变。

两人升入初三。在旁人眼里，他们是两个完全不同的十四岁男孩。

夏天结束之后，升学考试在班上开始受到前所未有的重视。即使是那些经常请假的混混们也开始老老实实地上学了。

九月快结束的时候，又野忽然开始学习了。

"吉田，帮我补下课。"

一天夜里，又野来吉田家找他补习。

开始时吉田以为他是一时心血来潮，只打算简单地敷衍他一下。说是补习，现在开始也确实太晚了，何况也不知道从何处补起。

但是有一次，又野无意中透露了他突然要学习的理由。首先，大前提是家庭情况。好像无论如何都必须考上公立高中。此外还有松井和山下的事。

松井和山下这两个人是吉田特别讨厌的两个家伙。他俩对又野极尽阿谀逢迎之能事，而对吉田这样的却嗤之以鼻。但就是这样的两个人，却很受女孩欢迎，交往的学妹都很可爱。

"那俩人根本连混混都称不上！"又野特别强调了这一点，"这两个人只是刻意地给人混黑道的印象，实际上并不是真正意义上的混混。他们甚至连架都没打过。如果我教你的话，你也能打赢他们。"

松井与山下两人从初一开始就一直上补习班，成绩也还行。特别是山下，今年好像还请了家庭教师。又野真诚地对吉田说："我不想输给他们。"

听又野这样一讲，吉田也认真起来。且不论雅痞什么的，至少面对那些工于心计的家伙，又野绝不能输。总之，仅仅是那种人还能和学妹交往这一点就已经让吉田怒不可遏了。

而且吉田一直知道又野是个学什么都行的人。比如吉田本以为因数分解对于一个混混来说难度太大，然而他发现自己刚教完又野，转眼他就会解了。

吉田去书店找习题集。他希望尽可能找到一些简单又容易上手的。

但遗憾的是，这个世界上好像根本就不存在简单的习题集。这让吉田感到异常愤怒：怎么会有这种事？！南足柄市的小混混，虽然说起来就像山里的猴子一样顽劣，但是，当这样的混混哪天想要正儿八经努力学习的时候，竟然连一本合适的习题集都找不到，这算什么事儿呀？！

字要大一点，可以的话附带图解，薄一点的那种更好。吉田登上大雄山线的电车，打算到小田原去找习题集。

最终勉勉强强淘到了几本习题集，吉田把所有习题分成50份，定好进度。每天至少要做完规定的练习。即使看着答案写也可以，总之就是要做完。做完一遍后，再从头开始做。

从此，吉田和又野每天晚上都一起学习。每次吉田教的东西，又野都像海绵一样吸收得很快，但转头就忘。但是又野的学习态度很端正。周末的时候，他早早就来吉田家做习题集。在他的影响下，吉田也学得越来越起劲。

一段时间后，又野已经能够完全理解二次函数的"斜率"这一概念了。他终于成长为一名"稀奇"的混混了。吉田觉得如果只看数学的话，又野的成绩在班里肯定是前几名。

考虑到"品行不好"这个原因，最终又野选择了安全系数高、容易考上的高中。虽说这所位于御殿场线附近的县立高中的入学比例是1.02∶1，可能够顺利考上本身就已经证明了又野的努力。

"吉田，我考上啦！"

接到又野的捷报电话时，吉田感觉自己激动得差点哭了出来。

吉田考上了位于小田原山上的一所大学升学率较高的高中。

两人终于迎来了毕业典礼。

轮到又野登台的时候,整个会场顿时充斥着紧张的氛围。

穿着袖子被撸起的短外套,又野在全体学生和老师胆战心惊的注视下,昂首阔步、精神抖擞地走上台,领走了毕业证书。吉田感觉这个仪式仿佛就是专为又野一人而设的。他想:那些学妹们应该全都被这一幕迷倒了吧。

"再见了!"吉田在心里默默地想,从幼儿园开始一直陪伴自己左右的又野,终于也要和他在这里分别,从此各奔东西。虽然这种感觉难以描述,很是不可思议,但在此时的吉田看来,这一切似乎是命中注定的。

典礼的致辞仍在继续,吉田却回忆起了图书室里的情景:

当时的图书室里充满阳光,我们屏气凝神躲在藏身之处。或早或晚，一切总会结束，我们总会被某人找到……

从平生第一次感受到"幸福"的那一刻起，缺憾也随之而生。

从那时开始，缺憾一点儿一点儿逐渐增加。那就是所谓岔路口，自己和又野从此天各一方。

毕业典礼结束了，吉田成了一名高中生。

每天早上，他乘坐大雄山线到小田原上学。

对于上高中这件事，吉田从一开始就不太能适应。本以为随着时间的推移，逐渐就会适应，可惜时间并没有改变什么。吉田仍然觉得自己在学校里处处格格不入。

吉田弄不明白他在这个"箱子"里该干什么，该如何表现，所谓"适应"是指适应什么。现在想来，吉田连上初中都感觉很不适应。

高一上到一半时，吉田父亲的工作调动定了下来。家里商量后，决定连同幼小的弟弟在内，全家搬往长崎。吉田自己一个人留在小田原生活，租了父亲的朋友管理的一间公寓。

一个人的日子，对于吉田来说却意外地适应得非常好。对他来说，唯一的苦恼是高中生活太枯燥。一想到这些，吉田就会从心底里感到无聊。他认识到这并不是由于高中生活本身无聊，而是因为自己本身就是一个无聊的人。

吉田每天都戴着耳机，行尸走肉般地去上学。当时在他心里只有一个念头，那就是早点离开这个城市。但是，即使是离开后，也不觉得会有什么改变。吉田经常感觉自己更像一只蓑蛾。大青虫最后并没有成为蝴蝶，而是变成了灰色的蓑蛾。

吉田很讨厌总是感到不满足的自己，由此他猜测，别人也不会爱上自己，这个世界也并不爱他。

有些时候，吉田会突然想去某个地方。有时他认为，如果自己消失了，也许就会感到轻松。心里憋闷的时候，即使是深呼吸也无济于事。

吉田每天都会去城堡遗址公园，坐在长椅上吃红豆面包。每当他眺望着大象，心情就会逐渐平静下来。

只有在这个时候,他才能获得内心的宁静。

吉田觉得也许是青春期的缘故。别人也是这个样子吗?时机到来的时候,感觉有缺憾的那个地方会不会像拼图游戏中缺的那一片一样被严丝合缝地补上去呢?……

当然,公园里并没有答案。只有大象还和往常一样,晃悠悠地甩着长鼻子。

又野经常来吉田独居的房间找他玩。

他会在吉田这里玩玩射击游戏、抽抽烟,然后打着哈欠离去。他来的时候,有的时候有理由,有的时候没有理由。他有事而来的时候,吉田从他的脸上就能看出来。

"今天怎么啦?"吉田会在感觉有异样的时候发问。

"没什么,女朋友有些难搞。"

又野随口敷衍了一句,简单说了下情况,就在吉田家住了两三天。

也许又野把吉田的小屋当成了自己的避难所。他正经历着冷酷无情的青春岁月。

吉田望着专注于射击游戏的又野。

两眼注视着游戏屏幕的又野双肩肌肉紧绷，结实健壮，握着游戏手柄的时候，胳膊上满是凸起的青筋。在吉田看来，又野的肘部和膝盖骨骼发达、坚硬有力，和自己软塌塌、白花花的四肢形成了鲜明的对比。

吉田心中暗想：这家伙活像只野兽。又野的脸和胳膊上有好几处伤痕。

又野就像一块不停翻滚的大石头，虽已百孔千疮，但毫不畏惧。他所生存的世界，大青虫吉田已经无法跟上了。特别是和电车赛跑时，朝着绿町车站飞奔的又野的身影，让吉田望尘莫及。但是，又野却会在遇到吉田时，笑嘻嘻地主动过来搭讪。

上了普通高中的又野，好像经常会遭到读职高的那帮人的挑衅。

有一次，又野在路上碰见了六个职高学生，好像双方都瞪了对方一眼。因为对方人多势众，没办法，又野打算走过去就算了。可惜在双方擦肩而过的时候，对方中的一人用嘲讽的口气冲着又野来了一句："哼，某某高中呀!"

原本打算相安无事地走过去的又野听到这句话后,突然转过头就冲着六人跑了过去,并且冲着说话的家伙就是一记飞踢。又野打架时的飞踢到底什么样,吉田没见过,总之又野说就是这么一记飞踢。最后当然是又野被六个人暴打了一顿。

每当自己就读的学校和所属的团体遭到侮辱时,又野总是会忍不住愤而出手。但是,他这样做并不是因为热爱学校,又野这种人恐怕也不会爱自己的学校。也许有人不知道他为什么这样做,可吉田对此却非常理解。

谁也不能小瞧他!又野从很小的时候起就懂得维护自己的尊严。虽然这种尊严看起来有点儿傻气、不值一提,但是它对于又野而言却是唯一,且不可替代。如果不拼上命去守护的话,无论是又野也好,或是又野的妹妹也罢,都会轻易地被践踏。

有一次,又野滚爬到吉田的房间,浑身是血。

"我的牙掉了!"又野刚说完,就一头栽倒在房间当中。

吉田被这一幕吓坏了,哆哆嗦嗦地打算喊救护车。

"不要叫车!"又野制止了吉田。

找到急救包,吉田用脱脂棉蘸上双氧水,给又野擦脸上的血,可是总也擦不干净。"疼疼疼……"又野痛得脸都歪了。他一张嘴,血就冒了出来,吉田发现他右边的门牙掉了一颗。

吉田难过极了,忍住眼泪继续给又野擦血。

又野刚才到底在和谁打架?吉田心里默想:又野这次又是为了守护什么?和谁发生了冲突?为什么要打到这种地步?有必要吗?又是谁把又野打成了这样?

发生的这一切都让他无法理解。如果逃跑或道歉无济于事,吉田希望能和又野一同躲起来。外表强大、内心善良的又野想去哪里呢?

那是高二那年冬天发生的事情。

不知道是不是因为这件事,又野从高中退学了。"没办法呀!"又野总是若无其事地笑着谈这件事。

从那之后,又野无所事事地晃荡了一段时间。此间，他常跑来找吉田玩。

两人躲在屋里玩双人射击游戏。因为不管又野的话，他就会自暴自弃，吉田打算再一次保护自己的朋友。

"你要是和我一起的话，就能去更远的地方！"又野总是笑着对吉田说这句话。

快到春天的时候，又野说他可能要去东京。虽然不知道他说的是不是真话，不过他确实打算去一家有名的寿司店当学徒。再后来，又野没和吉田打招呼，突然就离开了小田原。

吉田觉得：失去又野的小田原已经完全不值得留恋了。

渐渐地，吉田开始喜欢更为安静的音乐，但是却热衷于放大音量去播放它。吉田觉得耳机能够把自己和外界隔绝开来，处于大音量的音乐声中，他感觉自己更容易沉浸其中。

此时的吉田偏爱听前卫摇滚，喜欢在变换拍子中度过每一天。

每当一个人在屋里玩游戏时，吉田就会想念又野。

"你要是和我一起的话,就能去更远的地方!"

又野的话依稀在耳畔响起。吉田反复回味这句话。上小学的时候,对吉田来说,又野就像是英雄一般的存在。只要是又野要去的地方,无论是哪里他都跟着。但是现在,他已经无法跟上又野的步伐了。

"我也想当个混混!"吉田心里突然产生了一个念头。

好想与身边的一切决裂。先到便利店前面晃晃,敲诈点钱。然后去狠揍游荡在海滨一带的那帮家伙,温柔地逗逗流浪猫,最后骑上偷来的机车去兜风。

吉田认为:只要当了混混,生命中缺失的那一部分也许就会得到补足,也就一定能追上又野的脚步,即使是去麦哲伦星系那样遥远的地方。

屋子里还存放着又野留下的喜力牌香烟。吉田抽出一根,点上火吸了一口,感觉一阵头昏目眩。

"我想当混混!"吉田又一次默默在心里念叨。

当然，仅仅是吸了几口喜力牌香烟并不能让自己成为混混。成为一名真正的混混是需要理由的。或许根本不需要什么理由，只是适合不适合的问题。

那么，活着本身需要理由吗？吉田忽然被这个问题困扰住了。即使没有特别的理由，人也可以活着。那么，活着本身也是适合不适合的问题吗？也许自己并不适合活着……

一支烟转眼间烧掉了大半，恰好像人在后悔时往往为时已晚。抽烟的时候会有一种小小的满足感，很快就需要下一根。对吉田来说，抽烟实际上只是又增加了一个缺失感的来源而已。

吉田望着点燃的喜力牌香烟那缭绕上升的蓝色烟雾，就这样浑浑噩噩地到了夏天。

有一天下午的阳光特别灿烂，正坐在长椅上远远地望着大象出神的吉田，忽然想爬上旁边的城堡。

"为什么会这样？"吉田心里感觉很奇怪，虽然来过这么多次城堡遗址公园了，可今天是他第一次想去爬天守阁。虽然随时都能爬，可他却一次都没想着上去看看。

登上石头台阶，穿过正门，吉田在售票处交了四百日元，换来一张参观门票和一个导游小册子，背面盖着旅游纪念印章。

进了城门，迎面就能看到第一件展示品——烫金唐草纹纸漆工艺望远镜。吉田逐字地读了读这个拗口的名字。

继续往里走，里面陈列着巨大的瓦片、登山用的轿子、琵琶、月琴以及一个被称为"机械式铜质怀表"的东西。此外，还放着作战用的头盔、甲胄，绘画，书信，等等。吉田一边饶有兴味地浏览着这些东西，一边登上略显陡峭的台阶。

爬上最顶层，上面竟然开着一家售卖土特产和冰激凌的商铺，这让吉田感到非常意外。

吉田往纪念章贩卖机里投了钱，机器自动吐出一枚金色纪念章。伴随着一阵刺耳的"啪啪"声，设备自动在上面刻下了"YOSHIDA NAOTO"的字样。

吉田给纪念章穿上带子，挂在自己胸前，然后走上了观景台。

映入眼帘的是箱根的群山，连绵起伏，延伸到天边。

从城堡顶端朝下看，人们排成一队，正在朝前走。似乎有一场公路自行车赛刚刚结束，落寞的气氛中，长长的人流一直延续到车站。

在观景台上，转到对面的位置，就能看到脚下的那头大象。大象那小小的身影后面是小田原的街道，远处是相模湾开阔的海面。极目远眺，可以看到蓝天与海面水天一色，千里相连。

大象与海洋……

吉田第一次看到这样的景象。不知道大象此时是否知道自己与大海近在咫尺。

远远地望着平时都要抬头仰视的大象，这是吉田第一次从上往下看它。大象看起来很小，当然吉田更小，也许比那个"机械式铜质怀表"还要小。

大海广阔无垠，天空阳光灿烂。

下面传来野鸡"咯咯咯"的独特的鸣叫声。

从城堡上下来的吉田仿佛觉醒了一般开始努力学习。

因为他觉得无论怎样,还是高中生的自己,在这个城市里唯一能做的就是学习。吉田渴望获得基本的学历,他感觉只要自己稍微集中点精力,应该就能拿到手。从这天起,吉田脖子上挂着纪念章,开始玩儿命学习。

不久以后,秋去冬来。

参加了好几所大学的入学考试之后,吉田终于感觉"成了"。小田原城的纪念章仿佛是一枚护身符,很好地守护了他。那天,吉田正心满意足地抽着喜力牌香烟,就在此时,一件令他意外的事情发生了。

"吉田,开门!"

又野突然返回了小田原。

"我给你带了寿司哟!"

十个月不见,又野的面容虽然看起来有点儿像大人,可笑起来的神态还是和小学生的时候一模一样。又野似乎一直在东京的寿司店当学徒,直到昨天才因故辞职回来。

"吃吧!"

又野边说边把装着寿司的木盒递了过来。接过木盒,吉田解开包装上的绳结,然后拿起鱼形酱油小包,把酱油挤到碟子里。

吉田也好几年没有品尝过寿司的味道了。两个年轻人在房间里大快朵颐,异口同声地赞叹装在木盒里无上美味的寿司(可能和原木香味也有关系)。寿司那种温润、入口即化的令人怀念的感觉与此时两人再次聚首的气氛堪称完美的搭配。

吃完寿司,吉田沏了茶,给又野倒了一杯,说:"请喝茶。"又野面带微笑,慢条斯理地品起茶来。在吉田的记忆里,这可能是两人第一次一起喝茶。

"为什么从店里辞职了呢?"面对吉田的询问,又野敷衍地说了声"那个……",总之,他好像要在小田原国道一号线附近的一家店里上班了。

"吉田,你以后要去东京了吗?"又野问。

"嗯,考上了就会去。"吉田回答。

"那挺好的！"又野嘿嘿地笑了起来，"东京可没有混混。"

又野拿起游戏手柄，又把另外一个塞到吉田手里。

两个人就像十个月以前一样，开始玩射击游戏。吉田保护着又野向敌人的阵地冲去，清除完周边的残敌后，又野才心满意足地放下手柄。

"你这样的人最终都会离开这里吗？"又野问吉田，"这样一来，这个城市会被痞子和太妹占领。"

"痞子和太妹？"

"痞子和太妹长大会养孩子，然后扎根在乡里，除此之外，什么也剩不下。"

又野说着点燃手里的喜力烟。

"你去东京吧，去当个文明人！"又野吐着烟圈，嘴里忽然冒出了这样一句，"这个世界最终只会剩下痞子和太妹，以及文明人。所以，你去当个文明人吧"。

"文明人……"吉田很困惑。

"嗯，你的话一定能干好，放手去干吧！"又野斩钉截铁地说。

伸手拿过喜力烟,吉田轻敲了几下烟盒边缘,取出一根点燃。

"这不像你呀!"又野望着抽烟的吉田笑了笑。

"烦死了!"吉田学着混混的语气回答。看到他这样,又野笑得前仰后合,吉田从未见他笑得如此开心过。

从这一天起,两人各奔东西,分别踏上了不同的征程。

◇

确实如此,不过又野说的又不完全对!吉田心里默默地想。东京确实没有小混混,可是,文明人也没几个啊……

既不能算是混混,也谈不上是文明人,现代的东京城里住的更多的是介于二者之间的家伙们。

比如吉田所在的研究室里就有"细波"和"铃波"这两个现成的例子,特别是"细波",根本就称不上是文明人。春天,他们俩基本上没有在研究室里露过面,快到夏天的时候才开始每天来。

"细波"并不是他的本名,可是自打第一次见到他,吉田就认定这个家伙是"细波",并在那之后一直这么叫他(连带也把他的伙伴也叫成了"铃波")。无论"细波"还是"铃波",都不是文明人,他们嗓门大,爱表现,特别是"细波",很是讨人嫌。

"细波"和"铃波"非常爱聊天。两个人东一句西一句,庸俗无聊,说起来就没完。看起来热火朝天,实际上浅薄的对话内容空洞无物。

遇到这种情况,对着电脑的吉田每次都想把耳朵堵起来,可是说话声仍然清晰地传进了自己的耳朵。吉田感到非常讨厌。可奇怪的是,竟然没有一个人来提醒他们俩。周围的人甚至纵容他俩说话,偶尔还会饶有兴致地附和几句。就连舞子都是这种态度,吉田感到无可奈何,浑身乏力。

有意无意之间,吉田搞清楚了"细波"的个人信息。

"细波"讨厌夏洛特,因为他觉得这个人物形象过于陈腐。

"细波"早餐一定要吃米饭,但是米饭只吃一个茶盅那么点儿。

"细波"在卡拉OK店打工,他很讨厌那家店的店长。

"细波"这个月欠了钱,上个月欠得更多。

"细波"挑选音乐时会考虑女孩子是否喜欢。

"细波"每三周去一次美容院,美容院的小姐姐超漂亮。

"细波"打工的店里的那些女高中生也超级可爱。

"细波"认为坏一点儿的男孩子更受女孩子欢迎。平时轻佻一点,偶尔做出认真的样子更受女孩子喜欢。

"细波"跟女孩子聊三分钟就知道这个女孩子能不能搞到手。

"细波"喝不了豆奶。

谁爱管你的事呀!吉田很想大声咆哮,发泄一下不满的情绪,心想:谁管你喝不喝豆奶呀,那对这个宇宙来说无足轻重；你讨厌夏洛特，人家夏洛特还讨厌你呢。

另外，挑选女孩子喜欢的音乐这种做法根本毫无意义，至于"男人坏女人爱"，更是无稽之谈。

想到这里，吉田忽然意识到"细波"上大学时交了第四任女朋友的事实。

这是怎么回事呢？吉田很想问一问这些女孩子，你们为什么选这个人？这到底是怎么回事？

"细波"的嘴里经常会冒出"受不了"这句口头禅。自动贩卖机出现故障，提交报告逾期，或者电脑死机，天气变差，反正什么时候都可以用"受不了"。有的时候他还会用"超级受不了"这样的说法来加强语气。

什么叫"超级受不了"？！吉田可不希望"受不了"这句话随随便便就从那些没见过又野正儿八经打架的样子的人的嘴里冒出来。他心里想：你们这些家伙遭到又野的飞踢，直接滚出大气层就好了。

在吉田的想象中，有一个又野勒着"细波"和"铃波"这两个家伙的脖子去买可口可乐的场景。废物

"细波"买了健怡可乐回来,结果被大骂:"你不知道可口可乐是红色的罐子?"他再次被赶去买。

活该!吉田心想:可口可乐罐都是红色的,这家伙连这个都不懂。

又野虽说是个痞子,但却活得堂堂正正。这一点是细波之流所无法理解的。然而这种什么都不懂的猥琐男,却伪装成文明人的样子公然走在东京的大街上,依靠偶尔做出认真的样子大受女孩子欢迎。这种家伙就像病毒一样四处蔓延,正在摧毁地球上的文明。他们反复参加相亲会,在圣诞节、万圣节肆意狂欢,拖慢了正经文明人进步的脚步。

然而,接下来发生的这件事,却给了徜徉在想象世界中的吉田当头一棒。

盂兰盆节前后,研究室会有一个短暂的暑假,这件事就发生在休假前的一天。

从春天开始,吉田一直和舞子一起下班回家。当时吉田还曾打算约舞子去看电影。

在吉田看来,约会的时机也差不多成熟了。他认为这种事情要小心谨慎，不能麻痹大意，用自然而然的方式去邀请的话，可能会得到比较好的效果……

"今天好热呀！"

归途中的电车上，吉田用和平时一样的语气对舞子说。

"嗯！"

舞子回答。这一天确实很热。

"舞子暑假有什么打算？"吉田问。

"没有什么特别的计划。"舞子的声音中透着欢快，"也就是去参加一下社团集训吧。"

"社团？"吉田第一次听说这件事。

"嗯，原本已经退出了，可是这次集训大家都要参加。"舞子解释。

"你还参加了社团活动啊？"吉田很意外。

"嗯，浦上和太田也有参加。"舞子说。

"哦，这样啊！"吉田一阵失望。

电车一阵颠簸，吱吱呀呀地停了下来，等乘客上下车后，再次启动。

吉田觉得刚才自己"哦,这样啊"的应对还算自然,但实际上他的内心波涛汹涌,像炸了锅一样。舞子口中的浦上就是吉田常说的"细波",而太田则是"铃波"。也就是说,她要和"细波"和"铃波"这两个家伙去参加活动。

舞子后面也问了吉田打算怎么过暑假,被震惊得浑身僵硬的吉田敷衍了过去。

到站后,舞子说了声"再见",吉田也故作从容地跟她道了别。

暑假马上就到了,那真是酷热的一天。

这种冲击仿佛在这个有些僵化的大学生脑中,劈下了一道夏日的闪电。

暑假第一天,吉田一个人待在房间里闷闷不乐。

他觉得自己一点儿用都没有,心胸狭隘……,想象中被又野勒住脖子的人应该是自己才对……

实际上,吉田自己明白这是怎么回事。其实不是讨厌"细波"的大嗓门,而是讨厌这家伙那样受女孩子欢迎，舞子跟"细波"熟络的样子让他实在受不了。

吉田考虑良久，发现"细波"并不像他所想的那般不堪。首先，"细波"这人较为和气，善于待人接物，虽然大脑经常短路，但是这样一来反而给人以开朗的感觉。并且一般来说，听到他说讨厌"夏洛特"的理由是因为其"像个老古董"时，也会给人一种幽默、搞笑的感觉。

总的来说，吉田和舞子还没正经交往过，他甚至感觉自己对舞子的事情一无所知。

身体强壮而心灵温柔的"坏人"又野受异性欢迎似乎是理所应当的。而面对有些羡慕的吉田，又野曾经说过："吉田别担心，早晚会有对你感兴趣的女孩儿出现。等到了那个时候，你再表达自己的爱意也不迟。你肯定行。"

吉田感觉舞子似乎对自己抱有好感，但是他自己却从未正经地向舞子表达过自己的感情。他做事太过小心谨慎，丝毫不敢麻痹大意，一直将事情摆在十分保险的位置，重复说一些无关痛痒的话。

只要吉田仍旧不能把对自己来说重要的东西、希望分享的事情很好地告诉舞子，就什么愿望都实现不了。

暑假中的一天，时隔多年之后，吉田又一次决定拆开相机。

从进入大学开始，拆解相机就成了吉田的一大乐趣。他会入手一些二手相机，拆解、清洗干净之后再重新组装起来。运气好的时候，这些相机还能重新焕发生机。

这个世界上有没有受女性欢迎的相机拆卸方法？这个问题吉田曾经想过，不过令人遗憾的是最终结论是没有。不过无所谓，每次拆卸、重装后的相机拍出的照片都会略有不同，甚至能拍出谁都想象不到的照片。

吉田开始严格按照拆机的原理拆解相机。他一边做着记录，一边一点一点、小心翼翼地动手拆解。

拆卸完成！吉田在心里默默地宣布。接下来，他对着想象中的舞子开始了解说。

这个嘛，一般来说，机械相机是没有电动组件的。

依靠手指按下开关的微小动力来推动齿轮，带动各种复杂的机械结构，在一瞬间完成复杂的运动。在这一瞬间，镜头前的场景被胶卷记录下来，完成整个摄影过程。

在当今这个时代，完全不使用电子零件的工业产品几乎没有。环顾身边，如果硬要找例子的话，就只剩下一些发出"咔嚓咔嚓"声的相机了。

吉田希望自己能告诉舞子："机械相机很好。"

当世界上发生大规模停电的时候，即使所有的电池都没有了电量，我所修复的相机仍旧能够正常使用。即使整个世界被埋在尘土之中，被挖出来的相机依然能够咔嚓咔嚓地拍照。我觉得这些很罗曼蒂克。

吉田认为机械的基本原理是圆周运动。单纯的旋转能够通过齿轮的咬合转化为复杂的运动。一边"自转"一边"公转"的"行星齿轮"的原理和宇宙中真实的行星一模一样。

我自己是不是在旋转呢？吉田忽然想到了这个问题。自己身上是否存在旋转所需的向心力呢？以后自己还能否释放离心力呢？……

暑假结束后，吉田再次回归研究生活。

他暗暗拿定主意，要更多地去了解一下舞子，也希望对方能更多地了解下他。不只是舞子，还包括"细波"，他也要从正面进行接触，对方跟自己打招呼时，也要开朗地回答一声"你好"。

再过一个月就是研究室的内部发表时间了。等到中期发表会议的时候，企业的人也会来参加，相关研究活动会迎来高潮。

研究室的气氛逐渐活跃起来。大部分成员都已经取得学分，这个时候已经没有参加社团活动或打工的人了。有的人还要上研究生，有的人会和吉田、舞子一样未来直接就业。即将奔赴不同岗位的人们，在大学生涯的最后一段时间，共同聚在一个地方开始写毕业论文。

吉田和舞子两个人此前都已经完成了重要的实验部分，剩下的只是处理常规实验，并把结果整理成最终论文。两人每天都在研究室里工作到很晚，然后结伴一起回家。

有一天，"细波"向吉田请教测量仪如何使用。

吉田尽可能仔细地向他进行了说明，并且帮他完成了测量，成功地获得了流体的流量数据。整个春天没有学习的"细波"，此时此刻显得有些焦躁不安。

"谢啦！吉仔！"离开测量仪的时候，"细波"对吉田道了声谢。

怪哉，吉田心想：这家伙什么时候开始喊自己"吉仔"了？等到下午的时候，实验室里只剩吉田和"细波"两人了。

"喂！"吉田问"细波"，"你觉得世界上最厉害的动物是什么？"

"你在说什么呀，吉仔？""细波"一脸茫然。

"你觉得世界上什么动物最厉害？"吉田盯着"细波"的脸问。

"不知道，应该是狮子吧！""细波"也盯着吉田，不耐烦地回答。

果然如此！吉田心想：这家伙活了二十多年，还没见识过大象的压倒性力量。这种问题如果是在小田原的话，连幼儿园的小孩都知道。

"不对！"吉田反驳道，"最厉害的是大象。"

"哼！""细波"似乎对这个问题丝毫不感兴趣，眼光从吉田脸上移开了。

对于会为了讨女孩儿欢心而精心挑选音乐的"细波"来说，这个问题他也许永远无法理解。但是，吉田却对此感觉很愉快。

不久以后，研究室举行了内部发表会议。

舞子和吉田的研究成果获得了一定程度的肯定，又被分配了一些追加课题。而"细波"和"铃波"则是勉强过关。

心中的一块石头终于落地，但同时也有些空虚落寞。吉田觉得大学最后的研究生活非常快乐。每当想到人类的知识就是这样传承下去的，他的内心就会感到激情澎湃。

往车站走的路上，吉田向舞子发出了一起看电影的邀请。

"有空一起去看电影吧?"吉田说得简单直接。

"好呀!"舞子笑着答应了。

那条从脸颊到下颚的完美曲线,吉田所喜欢的半径为0.04米的那种近乎正圆的美丽曲线。

到了周末,两人迎来了第一次约会。此时已经秋意盎然。舞子温柔地笑着对吉田说:"天气有些冷呀!"

两人一起看了电影,结束后又跑到咖啡厅聊天。两人谈了面对就职的不安心情以及论文写作的话题。内容基本和以前在电车上聊的差不多。吉田还说他喜欢吃守谷的红豆面包:"守谷的红豆面包,里面塞的馅料特别足,拿在手里沉甸甸的感觉会让你以为自己拿着一颗手榴弹。"

说起来这是吉田第一次跟别人讲关于守谷的红豆面包的事。"就这样能一点点地告诉她就行!"想到这里,吉田感觉自己就像"风之王者"一样自由自在。

"中期发表结束后,我们再去哪儿玩吧?"吉田发出新的邀约。

"嗯！"舞子点了点头。

"下次一起去喝酒吧？"吉田说。

"好呀！"舞子笑着回答。

"舞子，我爱你！"吉田在心里说。

秋去冬来。

新年伊始，东京就迎来了第一场雪。雪停后，紧接着就是一段寒冷的日子。

那是一通突如其来的电话。在吉田看来，这种突然似乎合情合理，又野的出现永远都出乎意料。

"吉田，你还好吗？"

吉田的脑海中浮现出又野那张笑嘻嘻的脸。他究竟是怎么弄到自己的电话号码的？与这个疑问相比，他接下来说的话更让人吃惊。

又野说自己在小田原开了一家名为"忍屋"的主营寿司宴的店。"忍屋"？"寿司宴"？

"请你吃好吃的！四点左右过来！"

又野飞快地说了地址，随即挂断了电话，留下吉田一个人望着电话机出神。

"忍屋"……，这个"忍屋"是什么意思？主营寿司宴的店是那么容易开的吗？……吉田无法想象这是什么情况。

到了约定的日子，吉田从新宿搭乘小田急线电车，经过一个小时的颠簸，到达了又野说的车站。经过一条小路，走过一座大桥，然后沿着河边的道路继续朝前走。

河面波光粼粼，岸边种植着高大的松树。据说这条河因江户时期二宫尊德曾在此治水而闻名。远处能看到箱根的群山，对面则能看到高耸入云、如梦似幻的富士山。单调的蓝色背景下，正是那座被日本人称为"圣岳"的名山。

查看好地图之后，吉田继续朝前走。离开河边，又沿着一条小路往前走。突然来到一个大路口，没走几步就看到路边确实有一家店。吉田走近一看，门匾上很夸张地写着"忍屋"两个大字。揭起门帘进入店里，吉田一眼就看到又野在里面。

"嘿，好久不见啊！吉田！"又野笑嘻嘻地跟吉田打着招呼。站在柜台里的又野头发剪得又短又整齐，一副标准的寿司大厨的形象。

再次见到又野，吉田一时激动得说不出话来。四年过去了，那个又野竟然真的开了店，真的站在柜台里。

"快坐下！"又野热情地招呼吉田。

"嗯！"

吉田答应了一声，坐到了最里面的座位上。

这家店虽然不大，可环境却很整洁明亮。柜台外面是垫高的榻榻米餐厅，里面摆放着两张原木桌子。

吉田望着忙着摆盘的又野问道：

"这是你自己开的店吗？"

"是呀！"

微微发福的又野笑起来时脸上的线条显得比以前柔和了很多。

"啊，欢迎光临！"

从里间有个女的走了出来，吉田连忙弯腰回礼。

"这是千惠!"又野简单地说了一声,感觉就像是在介绍他的女朋友一样。

又野拿出一个中碗,千惠给吉田倒了啤酒。

"我也来一杯!"又野说着往一个小杯子里倒了啤酒。

隔着柜台,吉田和又野两人干了一杯。一旁的千惠微笑着望着这两个男人。

"恭喜恭喜!"吉田向又野道喜。

"恭喜什么?"又野问。

"开这么一家店,真是了不起!"吉田连连夸赞。

"啊!将就将就!"又野一口干了啤酒,放下杯子说,"半年前我结了婚。"

"真的呀!"吉田好惊讶,赶紧就问,"媳妇是谁?"

"千惠!"又野回答得很直接。

"请多关照!"千惠笑着朝吉田行礼。

"肚子里已怀上孩子了。六个月了。"又野补充道。

听到这一连串的新消息,吉田吃惊得一时不知道说什么好,他在心中感叹不已:不愧是小田原数一数二的混混，出手就是快。

"恭祝二位新婚快乐！"吉田再次面向两人正式行礼道贺，但除此之外，别的话一句也说不出来了。

"这也是托你的福啊！"又野嘿嘿地笑了起来，与以前相比，脸上的棱角已经磨去了很多。

不管在哪个时代，混混都是急性子。他们先干一通坏事，然后洗手上岸，参加工作，再结婚，生娃。给孩子取一个叫"海"什么的名字。

又野走到烤炉边，开始做起寿司来。

"这个很好吃！"

又野转过来递给吉田一份烤河豚。吉田平生第一次有点心惊肉跳地品尝了河豚。

"真好吃！……"吉田由衷地赞叹起那种令人感动的美味。

炭烤蟹、河豚刺身、鱼白刺身、生牡蛎、鲷鱼片焖饭……

又野接连不断地上了很多道菜肴。每一样都是既精致又美味。今天的他已经成长为一名厨艺高超的大师傅了，就连吉田这样的毛头小伙子都深刻地明白这一点。

"文明人？那是什么？"

面对吉田的询问，又野这样回答。曾经提醒吉田要当个文明人的又野自己也许已经忘记了过去的事情。

吉田继续讲述了自己一年前去小田原寻找又野的事情，他告诉又野自己还去了城堡遗址公园，虽然没有找到又野，但在公园里惊喜地发现大象还在。

"噢，大象呀，那么说大象还在啊！"

站在柜台里面的又野一边回话，一边继续为吉田捏煮星鳗寿司。吉田看到又野递寿司过来的手腕上还留着以前的疤痕，心里油然而生一阵怀念之感。

"那里的狮子，曾经逃出来过哟！"又野随即讲起一件吉田所不知道的逸闻。

虽然不清楚是什么原因，但据说城堡遗址公园的狮子曾经真的从里面逃出来过。当时狮子朝着箱根的方向一路逃跑。第二天，小学校长就像说玩笑话一样提醒学生们说："狮子跑出来了，大家要注意安全。"

"不可能吧！"吉田满是不可思议。

"是啊，你这么一说，我也觉得不可能。"又野说。

"狮子逃跑的事情，会不会是你做的梦呀？"吉田依旧不敢相信。

"也有可能！"正在给吉田制作油甘鱼寿司的又野回答。

"为什么去年突然联系不上你了呢？"吉田问。

"哦，那是因为我以前交往的坏朋友太多了！"又野回答。

一直以来，又野总是对自己混黑道的那些事情三缄其口。虽然又野明知吉田对他死心塌地，只要他开口，即使是去夜枭星云旅行，吉田也会毫不犹豫地跟过去，但每次他都会用不相干的话巧妙地搪塞过去。

"这个可不得了，来一杯吧！"又野递过来的是自酿的鱼白酒，据说是把过滤好的鱼白加到鱼翅酒中制成的。

也太厉害了吧！吉田心想。在他的印象里，又野不务正业，是个经常惹女孩子伤心的家伙。而现在这家伙竟然会做这么好吃的东西,也真是太了不得了。

赤贝、金枪鱼、鲭鱼……,又野接二连三地熟练地捏着寿司。他捏寿司的手法让吉田敬佩不已,吉田一个劲儿地问起与寿司相关的问题。

这是军舰形,这是俵形,又野一边解释,一边展示了寿司的三步和一步简化捏法。在吉田看来,又野射击游戏玩得很烂,而现在捏寿司的手法倒是精湛熟练,让人眼前一亮。

"'忍屋'这个名字,是不是根据我们以前玩的忍者游戏取的呀?"吉田问。

"嗯,没错!"又野回答。

"你还记得呀!"吉田感叹。

于是两人谈起了曾经的玩伴松本。她现在似乎在北海道的一所牙科大学求学。

吉田心想:借着老交情,买些便宜东西或者蹭一顿饭之类的事情经常能听到,但是要说请人家治疗龋齿,那会怎么样?

在松本面前张大嘴巴,让人家一边清除着口水一边进行其他操作，那该有多尴尬啊！两人聊到这里，不禁相视一笑。

又野压低声音对吉田说："我以前还曾喜欢过松本呢！"吉田感觉他那样说话也许是不想让一旁的千惠听到，但也不仅仅是那样。以前一起玩忍者游戏的时候，三人就是这么小声地说话。现在聊松本的话题时，还是这样小声说话更合适。

尽管又野现在这么说，但吉田以前从没想过又野会喜欢松本。不过吉田也觉得这样的事情打一开始就能明白。要不然，又野不会每周都去完成图书委员的工作，而且吉田也有点喜欢松本。

到了傍晚六点钟左右，店里来了客人。

"欢迎光临！"又野和千惠齐声欢迎客人。

"你慢慢喝！"又野小声对吉田说了一声，然后赶紧开始着手新的工作。

在吉田眼里，正在接待客人的又野俨然已经成了一名大厨。很久以前，在图书馆柜台里调皮捣蛋的又野，现在正在柜台里，干着属于自己的体面工作。

吉田一边喝着鱼白酒，一边默默注视着又野夫妇。两人忙碌的背影看起来是那样强健而美丽。

又野正在用心守护着对他来说重要的东西，想到这里，吉田的眼泪差点涌了出来。曾经的又野一路披荆斩棘，纵然浑身是伤、牙齿折断，也依然坚持到了今天。

"真好啊！"吉田心中感慨万千。从那时到现在，两人经历了很多事情。又野一路是急匆匆地走来，而吉田则像大青虫一样一天天慢慢成长。他从未想过会有这么一天，也没想到会有这么令人高兴的事情。

也许是因为喝了酒，吉田感觉头有点懵懵的，但是他感觉自己很幸福。他的思维慢慢变得迟缓，脑袋里像黄油一般慢慢融化。记忆中图书馆的情景与眼前的光景交相辉映，组成了新的风景。

找个机会，带舞子来这里坐坐！吉田心里冒出了一个新想法。不仅要带她去看看大象，尝尝守谷的红豆面包，来这个忍屋吃河豚饭，而且还要和她一起去爬小田原城，制作纪念章。对了，那个小电车也要坐一坐。

"这是甜点！"寿司宴的最后上了提拉米苏。真是出乎意料。又野说只有进上好的马斯卡彭奶酪时才会做。吉田用精致的小勺子送了一块到口中，顿觉舌尖上萦绕着一股香甜、醇厚的奶香。他还能感觉到不远处有一种淡淡的成熟男子汉的味道。

吉田又想起了舞子。

中期发表结束之后，吉田和舞子如约一起出去玩了一次，二人玩得很开心。

"下周也一起去玩吧！"吉田发出了邀请。

"嗯！"舞子爽快地答应了下来。

从此以后，两人每周都会约会一次。

上周两人一起去看了电影。在电车中，听到两个不认识的小姑娘在聊天。

> 他好像不喜欢吃洋葱。
>
> 嗯，我明白那种感觉。我男朋友连肉也吃不了。
>
> 我男朋友也吃不了牛肉洋葱盖饭。真是难以

置信。

真的吗？我男朋友连饺子都吃不了。

什么鬼?! 吉田心里暗想：饺子都吃不了，怎么会有这种人？

舞子看起来也对这两人的谈话很感兴趣。两人全神贯注地听着她们的谈话。

两个女孩正在相互比拼各自男朋友的偏食情况。什么都能吃得下的吉田在听的时候感觉自己有一丝丝的优越感。两个女孩继续大谈特谈偏食情况，女孩A的男朋友以蔬菜为主，而女孩B的男友则是以肉类为主。

还有，我受不了翻旧账的人。

嗯，就是，明明那件事都已经结束了，还翻出来说。

对、对！老翻旧账，说"当时你不是这么说的"。

我讨厌老调重弹。

我也讨厌这种。

还有啊，我讨厌体质弱的男人。

哎，弱成什么样？

嗯，就是那种嘴里喊冷的。

哦，有的，总是第一个喊冷。

"连我都不行！"吉田听了很失望。因为他是个特别怕冷的人。两个女孩到站后就下车了。

吉田和舞子在下一站下了车，按计划一起去看了场电影。电影非常有意思。之后两人共进晚餐，席间聊了关于电影的感想。

出了店门，两人决定先步行到下一个地铁站，然后再转乘电车回家。

于是两人肩并肩地走了起来。

"有点冷呀！"吉田说。

"嗯！"舞子回答。

"对了！"吉田似乎想到了什么。

"怎么啦？"舞子问他。

"舞子,你讨厌不讨厌怕冷的人呀?"吉田问。

"哈哈哈!"舞子笑了起来,"还行吧。冷的时候自然就感觉冷。"

"是呀!"吉田表示理解。

"我不喜欢天寒地冻却穿得少的家伙!"舞子解释说。

此时的舞子穿着粗呢短大衣,围着围巾。舞子的身材适合穿厚一点。

"顺便说一句,我可是什么都吃,不挑食。"吉田补充道。

"原来如此!"舞子回答。

"当然是这样!吃不了牛肉洋葱盖饭,怎么算得上是文明人?"吉田打趣道。

"哈哈!"舞子笑得花枝乱颤。夜晚的街头,路灯把人们口中呼出的水气映成银色,梦幻而美丽。

"不过,我也不喜欢翻旧账的人。"舞子补充道。

"那是当然。需要回笼的有崎阳轩的烧卖就足够了。"吉田按照自己的想法解释道。

舞子再一次被他逗得哈哈大笑。吉田心想：一切顺利。在明亮的月夜里，两人就这么谈笑了一路。

"喂！"舞子突然对吉田说，"你问问我，咱俩是在交往吗？"

"什么？"吉田很意外。

"你问我一句'咱俩是在交往吗？'"舞子继续要求。

"这是什么意思？"吉田问。

"你别问那么多！"舞子说。

"咱俩是在交往吗？"吉田老实照做。

"是的！"

舞子回答了一声，没有停下脚步。夜空中一轮明月熠熠生辉，两人一时陷入沉默，静静地朝前走。

"对不起！"吉田小声说了一句，"原本我打算下次约会的时候说的。"

"打算说什么？"舞子问。

"说'舞子，我爱你！'"吉田肯定地说。

"真的？"舞子有点意外。

"是真的。"吉田很坚定。

"我不是说这个,嗯,这样也可以,可是,你真打算下次约会时那样对我说吗?"舞子问。

"是的。确切地说,我打算在后面的两三次约会时,就一定向你表白。"

"哼!"舞子回答。

"我太迟钝,实在对不起!"吉田赶紧道歉。

"没关系啦!我很高兴!"舞子解释。

"我也是!"吉田说。

"你高兴什么?"舞子问。

"能见到你,很开心!"吉田说。

"我也很开心!"舞子回复。

"我们握握手吧?"吉田提议。

"握手?"舞子深感疑惑。

"是的,握握手!"吉田说着,伸出了自己的右手。

两人停住了脚步,面对面站着,握住了对方的手。舞子的手柔软而又纤细,吉田此时的心里涌出一阵暖流。两人就这样静静地握着手,很长时间才松开。他们继续往前走。

"有点不好意思!"吉田发出感慨。

"嗯,挺好的,握手!"舞子鼓励他。

"嗯!"吉田回答了一声。

"以后我们经常握手吧!"舞子建议。

"好的!"吉田回答。

"可以再说一次吗?"舞子问。

"说什么?"吉田问。

"我爱舞子。"

舞子哈哈大笑起来。

能够顺利表白,这让吉田感觉如释重负。

自从昔日与又野和松本一起屏住呼吸之后,那一天,吉田感觉终于把心中的那句话说了出来。

"我吃饱啦!"吉田对又野道了声谢。

吃完提拉米苏,吉田悠闲地喝着浓茶。

"真是太好吃啦!"吉田称赞道。

"喜欢吃就好!"又野回答。

"下次,我带舞子一起来。"吉田说。

"谁？你女朋友？"又野追问。

"嗯！"吉田肯定地说。

"哦，干得不错嘛！"又野夸奖道。

吃完饭，吉田要付款，又野谢绝了。又野说："我还要再请你两次呢！"

而吉田却嚷嚷着说："你一定要收下。"

千惠笑嘻嘻地看着两个人推过来又推过去。

"你要尽快再来吃两次！"又野笑嘻嘻地说，"我能有今天，也是多亏了你呢！"

"此话怎讲？"吉田问。

"之前你教我功课了呀！"又野回答。

"原来是那件事啊！"一说起往事，吉田又差一点掉下眼泪，"就那么一点点小事，算什么呀！"

吉田希望能和又野永远在一起，但是想归想，却没有可能。在他的心里，又野是他崇拜的偶像，无论何时，他都比别人高大挺拔。

又野把吉田送到店外，大声说：

"下次还来呀，要早点来！"

"下次一定要收我钱。上班后就会有工资拿了。"吉田说。

"知道了。"又野回答。

吉田觉得又野总是能够分辨哪些事情重要,哪些事情不重要。并且,又野从小就知道人这辈子应该和什么做斗争,特别是现在,他用浓烈的彩色铅笔,画出了一幅真正的人生。又野把最重要的东西守护得很好。

"握握手吧。"吉田说着伸出了右手。

"什么鬼?你喝醉了吧?"

又野一边笑着,一边用力握住吉田的手。又野的手大而粗糙,冰凉冰凉的,没有什么温度。吉田明白这双手所守护的,已经不仅是往日少年小小的尊严。

"再见啦!"吉田说。

"嗯!"又野回答。

告别又野后,吉田独自踏上了归途。

此时的天空,月亮已经升起。夜空中,十六的月亮看起来仿佛比十五的月亮还要更圆更美。

摇摇晃晃地走在河边的小路上,吉田的内心汹涌澎湃，感慨万千。

又野总能看清眼前事物的本质，从而能够稳稳地扎根于大地。不知何时，又野已经轻松地做到了他无法做到的事情。他只想唤醒一个被"细波"那样的人迷惑的女人，虽然缺乏女人缘的他很难做到这一点，但是无论如何，他所选择的活法都不能给又野丢脸。

我已醉了。我真的醉了！吉田心想。

昏暗的河面传来细微的水流声。吉田知道，现在虽然看不清楚，但是面前就是箱根延绵的群山，而另一侧就是一直高耸的富士山。

"哈哈哈……"吉田突然笑了起来。他觉得自己一个人走夜路非常可笑。如果被从动物园逃掉的狮子遇见，像他这样弱小的生物，肯定会被一口吞掉。

"躲起来！"看到前方的电线杆，吉田伸手触摸了一下。

吉田把自己的影子躲在电线杆的阴影里。他哈哈大笑起来，说道："我这是在干什么呀？"可他心里却在想：自己究竟是在躲避什么？……

吉田移动了下身体，这样月光就照不到他了。

说起来，吉田总是喜欢这样把自己藏起来。他这么做的时候心里一直在说"不能让你发现！"。不懂的家伙永远也不会懂。为了保护自己，他就这样一直躲藏到现在。

蜷缩在电线杆背后的吉田默默地想：自己所能保护的东西，总量都是有限的。他一边这样想着，一边慢慢地把身体靠在电线杆上，调整着呼吸。

以后的日子，重要的东西必须自己亲手来守护。除了向喜欢的人表白之类的事情必须理所当然地去做之外，接吻之类的也要干净利落，要去守护真正的文明。

吉田心想：痛痛快快地去干吧！

文明人要隐藏知性，爽快地与人打招呼。听到有人叫自己，就会答应对方一声"好嘞！"，并且报以微笑。释放快乐的心情，讴歌可爱的事物。穿上漂亮的衣服，唱着歌徜徉在整个世界。听从内心的呼唤，去拥抱自己喜欢的人。

吉田站起身来，从电线杆的阴影中走了出来。

抬头仰望，这个城市的夜空高远而空旷，一望无际。沐浴在皎洁的月光下，吉田轻快地向前走去。

男子五篇

我跟着她去仓储式连锁超市购物。

对于这次购物,她好像早已做好了计划。货品选择从轻到重安排得井井有条。她左手拿清单,右手拿货,动作如行云流水,一气呵成。

金鱼饵料→莫埃雕像→凤眼莲→金鱼藻→底砂→莎草→睡莲缸。

陶制的睡莲缸是那种直径为60厘米的大家伙。她打算在里面养金鱼。一路上我搬得小心翼翼。

与购物时的顺序正好相反,往公寓阳台上摆放时则按照由重到轻的顺序。

睡莲缸里注满水,中央小平台上密密地摆放着莎草,显得非常可爱。白色底砂上浮着金鱼藻,水面上飘着凤眼莲,莫埃雕像则沉在水底一动不动。所有的这些小物件共同构成了一幅透景画般的水石盆景。

睡莲缸放置在阳台的一隅,给整个房间持续带来清凉。她看起来似乎对此非常满意,俯身望着水面出神。

"两三天后,我要买些金鱼回来。"她一边说着,一边用手戳了一下凤眼莲,缸里顿时泛起一圈圈的涟漪。

"金鱼要连着装它的塑料袋整个放进去。"我善意地提醒她。

"这个我知道,静置半天左右,等水温一致的时候再打开塑料袋。"她似乎精于此道。

"是的,没错。"我回答。

我心想:无论谁都有一个关于金鱼的相似的回忆。

"捞起来的金鱼,很快就会死去。"我连忙提醒道。

"也许吧。"她漫不经心地回答。

"节日里玩捞金鱼,第二天捞起的金鱼肯定就会死翘翘。对我来说,这就是节日结束的标志。"我努力讲得有趣一些。

她把目光从水面上收回来,对着我笑了起来:"那是因为你没有做好养鱼的准备呀。"

"说得没错。可惜我意识到这一点，却整整花了五年时间。"我回答道。

又看了一会儿睡莲缸，我们一起回到了客厅。她向我表示感谢，并给我泡了杯劲爽的冰红茶。

"过节的时候，我老家的学校会放假。"我说。

听到这里，她一脸惊讶的表情。

她问我。

"要抬神轿吗？"

"那倒没有。"我回答。

节日庆典具有什么样的历史和意义，我不仅全然不知，而且一点儿也不感兴趣。吸引我的是每年这个时候，学校会放假，我可以要些零花钱，甚至夜里也能光明正大地跑出去玩。

以神社为中心临时设立的摊位上气氛有些神秘，与平时截然不同。我们感受着这奇妙的气氛，在神社里晃晃悠悠地散着步，走走停停，最后坐在院角休息。

此时正值一年一度的庆典时间。

一、小学篇

小学一年级的时候,夜里看庆典都是跟着大人一起去的。

那个年龄的我,会被红红的苹果软糖和裹着巧克力的香蕉深深诱惑,毫无抵抗之力。

同行的大人总会对我说,那种东西里面有毒,不能吃。我也知道,这种解释还有苹果软糖本身,全都是哄小孩儿的玩意儿。

去神社参拜之后,出来欣赏庆典花车。伴随着悠扬的笛声,游客们的掌声此起彼伏。我被一台名为"抓鲶鱼"的花车深深吸引,停下来不肯走。花车上面有一条纸扎鲶鱼在不停地旋转,旁边一个裹着红头巾的老头儿模样的人偶正在努力抓它。

另一台花车旁边围观的人特别多。

花车上有个和我差不多岁数的女孩儿正穿着红色的和服跳舞。她的脸上刷着厚厚的白粉,嘴巴也涂得红艳艳一团。每当小女孩笑着低下头，做出害羞的动作的时候，围观的人们就会点燃噼啪作响的烟花。在幼小的我看来，总觉得这是小学生不该看的画面。

观看了花车巡游，逛了夜市，最后我才被允许去玩捞金鱼的小游戏。

一盏昏黄的白炽灯下，红黑两色的金鱼们在水里游来游去。我占了一个不错的位置蹲下来，看着水里的金鱼。背后传来行人的喧闹声和木屐摩擦地面的声音。

陪我来的大人提醒我："你把抄网斜着入水，斜着往上捞才行。"虽说那样做网布不会破裂，但那时的我一点儿也没有听进去。虽然我知道抄网要斜着入水，但是我心想：如果不垂直抬起抄网，怎么能把金鱼捞上来？

在我老想着捞那条黑色凸眼金鱼的时候，手里的抄网却软软地塌了下去。正当我为此失魂落魄的时候，店老板用塑料袋装了一条金鱼递给我。那个时候我打心眼儿里觉得这个叔叔真是个好人！

回到家，我把金鱼放到洗脸池里。红色的金鱼在里面欢快地摇着尾巴游来游去。

"它是不是饿了呢？"我撒了些面包屑进去，可它却一点儿都不吃。

我把大大小小的面包屑撒了进去，水面上漂满了面包屑。

"该睡觉啦！"隔壁房间传来母亲的呵斥声。

第二天，起床后的我干的第一件事就是跑到洗脸池旁看金鱼。结果映入眼帘的却是横着漂在黄色洗脸池边上的金鱼的尸体。

我把金鱼埋在院子里，立了一根冰棒棍子当作墓碑。

金鱼怎么会死掉呢？这让当时的我怎么也无法理解。我明明撒了那么多食物喂它！

◇

小学二年级的那年春天。放学回家的路上，我偶然发现了一个云雀的窝巢。

那是一片地势比周围高一点儿的已平整好的住宅建设用地，平时我总是抄近路，穿过这里回家。如果把这片工地的形状比作"玉"这个汉字的话，云雀的巢就在右下一点的那个位置。鸟巢由大量的细小枯枝搭成，在中央洼陷处，有一枚小小的鸟蛋。

"哇！"当时还在上小学二年级的我大叫一声，对这一"重大发现"兴奋不已。

这是只有我一个人知道的鸟巢！不久以后，这枚鸟蛋将被孵化成幼鸟。它的爸爸妈妈会衔来食物喂它，小家伙也会使劲张大嘴巴吃食儿。等长大后的某一天，小鸟就会离开鸟巢，飞向天空。

我蹲在鸟巢旁边，一直盯着那颗蛋，心想：以后每天都要来看它，我不会告诉任何人，每天放学的路上来看它。

有只小鸟在我的头顶上盘旋飞翔，叽叽喳喳地叫个不停。我想那可能就是这只鸟下的蛋。

"棒极了！"

第二天早晨，我兴奋地对同学说："我发现了一个云雀的鸟巢呀！"

对于还在上小学二年级的我来说，保守"秘密"显然是一件难以完成的任务。

"哪儿？在哪儿？"同学水野君问我。

"在我家附近，放学的时候我带你去。"我答应得很干脆。

放学后，我俩背着书包去看那个鸟巢。

到了那片住宅建设用地，我根据印象找到记忆地图中"玉"字的那一点的方位，指给他看。我俩小心翼翼地注意着脚下，向那块住宅建设用地里面走去。

在周围茶色石子的背景下，鸟巢仿佛也披上了一身迷彩，不仔细瞧是很难找到的。"就是这里！"我指着颜色和小石子混在一起的鸟巢告诉水野。鸟巢依旧在原处，和昨天没有一点变化。

"哇！"水野吃惊地喊了一声。

我俩蹲在鸟巢两侧，注视着那颗小小的鸟蛋。水野伸出手，小心翼翼地把鸟蛋拾起来，想要拿近了观察。

就在这一瞬间，鸟蛋夹在水野的手指之间，啪嗒一声，就那么轻易地碎掉了。淡淡的土黄色蛋液顺着他的大拇指流了下来。水野不由得"哇"地叫了一声。

"你这家伙!"我的心里瞬间充满了失望和悔恨,难过和愤怒之情交织在了一起。此时距离我们俩到这里还不到一分钟的时间。看来当初还是应该把这件事当作"秘密",不要告诉别人。

"糟了!"我大声对水野说,"云雀蛋有毒,你的手指会烂掉的。"

水野惊慌失措地看着我。他的大拇指上,看起来像毒液一样的黏稠液体正在往下滴。

我为什么要编这个谎话呢?我在心里默默地问自己。水野的拇指和食指仍旧保持着刚才夹起鸟蛋时的姿势,脸上满是担心的表情。

"不快点儿洗掉的话,就会很危险。快去洗呀!"我继续说道。

水野"哇"的一声站了起来。

我俩朝水野家的方向跑去,使出了吃奶的劲儿。我们穿过住宅建设用地,从高台上跳了下去。我边跑边想:既然如此,当时我就不撒那个谎了。

不过在全力奔跑的时候,我难受的心情也逐渐平复。我明白了如果当时不撒个谎的话，自己就会忍不住哭出来。

此时头顶上传来叽叽喳喳的鸟叫声。

◇

我读小学三年级的时候，一般会和朋友一起去节日庆典。

神社院内有个角落铺了胶合板，三十来个小学生席地而坐，专心忙着手头的事情。他们玩的正是节日庆典中最受欢迎的脱模游戏。

传说完成超高难度的"菊花"脱模的人，能获得一万日元奖励。我们这些小孩子每人交了一百日元，从老板那里买来模饼开始玩。

在我们这群人中，麦琪最擅长玩脱模游戏。他去年曾经成功地从模饼中开出了"飞机"，获得了五百日元奖金。这对小学三年级的孩子来说堪称英雄壮举。

一开始，我们都围着麦琪学习制作方法。

"第一步是切开。"麦琪一边解释一边动手。

用淀粉和砂糖制作的模饼的留白部分可以直接用手掰掉。麦琪动作熟练地去掉了"郁金香"模饼右上边和左下边的多余部分。

"接下来是挖。"麦琪继续动手。他使用一种叫作锉针的工具,把"郁金香"模饼的轮廓挖得更深一些。

"最后是削。"麦琪先是在模饼上挖出放射状的沟槽,从而让冲击力从轮廓上传导到图形外侧,最后要继续集中注意力,从外侧削模饼。

了解了玩法后,我们回到自己的位置上,开始忙自己的活。一直到"挖"这一步骤完成为止,大家都没出现什么问题,但是最后一步,也就是模饼的切削过程,对于小学生来说难度比较大。不过由于模具本身并不复杂,最终都能做出大体的形状。

"做好啦!"弗兰肯首先喊了起来。

他拿着自己的作品"葫芦"给老板看。经过仔细检查后,老板耐心地指给他两三处还需要加工的地方,让他继续做。

正在我们继续动手干活的时候,弗兰肯又"啊"的一声叫了起来。原来他把"葫芦"的腰给弄断了,"葫芦"被分成了两半。

于是弗兰肯又花钱去买了新的模饼。而小心谨慎的麦琪的切削工作还没有完成一半。

不一会儿,我的"棋子"搞好了。"棋子"算是最容易脱模的一种模饼。我把自己的成果拿去给老板看。

"嗯!"老板毫无感情地接过我的"棋子",随手啪的一声掰成两半,丢进旁边的灯油罐里,然后递给我一百日元奖金。我接过奖金,又用这一百日元买了其他的模饼继续玩。

当时的我们还不知道"monkey business"①这个词。直到太阳落山,我们都在玩这个脱模的游戏。因为钱都用在了这个上面,结果那一年就没去玩捞金鱼。

◇

小学四年级那年的春天,在放学路上,我和川田,

---

① 意思是"骗人的把戏"。

还有弗兰肯一起玩探险游戏。

那是一间似乎长时间无人居住的细长形状的废弃小屋。为什么突然想要进那种地方，我们谁也说不清。虽然我们几个人每天都会从这所房子前面经过，但是从未真正留意过它。要问为什么这次开始留意这间废弃小屋，是因为我们在踢石子的时候，石子飞进了小屋里面，这才引起了大家的好奇心。

最开始是带头的川田透过缝隙向小屋里窥探，我和弗兰肯也跟在旁边往里张望。可惜什么也看不到，里面似乎也没什么特别有意思的东西。

但是对于还在上小学四年级的学生来说，到那种地方去"探险"却是最为合适的年龄。因为一年级的孩子胆子还太小，而六年级的孩子却又好奇心不足。特别是大家所能想到的最适合作为入口的白铁皮屋顶下面的缝隙尺寸，也刚好是一个四年级孩子的身材大小。

我们几个爬上墙，进入小屋内部。

屋子里光线很暗，弥漫着潮湿的木头的味道。从各个缝隙漏进来的光线，只是让小屋内部显出一个轮廊。我们的眼睛适应了之后，能够看清脚下的情况。

房间一侧放了一捆竹竿。能够判断形状的只有这个。我们慢慢朝小屋里面走去，每走一步都能听到什么东西碎裂的声音。

途中，弗兰肯突然"哇"地叫了一声，脚下似乎碰到了什么白色的东西。等我们看清那是一块骨头之后，都被吓得一齐"哇"地叫出了声。

我们蹲下来仔细观察，发现这似乎是一个头盖骨。虽然小，却有两个眼窝一样的凹陷。仔细看看四周，地上还散落着很多细小的骨头。

"这是猫的骨头。"川田看起来一点也不害怕。带头大哥胆子够大。于是我们继续跟着他往里走。

屋子最里头有一块用板子围起来的地方，长宽都有50厘米左右，与其他地方都不同（我们凭直觉判断）。取下上面覆盖的纸板，往里一瞧，里面有三只黑白两色的小猫蜷缩着挤在一起。

"发现了小猫！"

川田君开心地喊了起来，那语气仿佛买的十日元口香糖中奖了一样。带头大哥毫不犹豫地伸手抓住其中一只小猫的脖子,把它拎了起来。

看起来这些小猫刚出生不久,都还不会叫唤。远处传来母猫的声音,似乎从我们进屋子起她就一直在叫。

"我们把小猫带回家吧。"川田提议。

虽然觉得这样做小猫非常可怜,但是必须尊重带头大哥的意见。大哥就是大哥。

我们一人抱着一只小猫,一个接一个地出了小屋。回到光明世界的我们几个,对于出乎意料的探险收获一个个显得非常兴奋。

"我们就一起养这些家伙吧。"川田宣布。

"养在哪里好呢?"弗兰肯在嚷嚷。

"'青田基地'不错。"我提了个建议。

青田庄旁边的空地上,有一处放置旧农具的地方,我们给它取了个名字,叫作"青田基地"。里面有一个破旧的脱粒机和用竹子做的笊篱,秸秆上面可供小猫睡觉。

"每天喂它们牛奶吧。"我们三人一边朝"基地"的方向走去,一边做着计划安排。猫粮的话,一开始可以用学校食堂的午餐代替,并且等它们长大了以后,还可以带到学校里面去。一路上,我们三个越聊越开心。

途中我们还捡了个大纸盒,到达"青田基地"之后,我们把三只小猫安置到纸盒里,只见它们乖乖地挤在一起。弗兰肯还特意跑回家给它们取了一瓶牛奶。

对我们来说,有了猫的"青田基地"才算是名副其实的基地。自此以后,这里就藏着我们的"秘密",已经不是简简单单的"捉迷藏"了。

我们几个一直在这里玩到很晚。小猫们在纸箱里吧唧吧唧地舔牛奶。

"以后每天都要来。"川田首先建议。

"作业也可以在这里写。"弗兰肯补充道。

我心想:你俩早晚会厌烦来这里,不过我一定要来,每天都来。

"那我们明天见啦!"

我们告别了三只不会说话的小猫,各自回了家,然后吃饭，洗澡，看电视，睡觉。生活一如往常。

转眼就到了第二天。

早上我醒得特别早。可能是昨晚的兴奋劲儿还没有过去。父母和弟弟此时还在睡梦中。

我从冰箱里拿了一瓶牛奶，一个人朝"青田基地"走去。

"青田基地"入口附近的狗看了我一眼，低声吼了一下。

附近的小学生打心底里讨厌、害怕这只狗。这只被放养的家伙似乎对所有拥有轮子的东西都充满强烈的敌意。一旦有自行车或汽车靠近，它就会在位置低的地方大声咆哮，等到车辆经过后，它还会汪汪地叫着，穷追不舍。大人们对它的评论是："这家伙估计是猎犬的后代吧！"

这条狗正在"青田基地"门口徘徊，看样子似乎发现了什么。它发现自己的地盘上多了什么东西，但还没搞清楚究竟是什么东西，看起来非常烦躁不安。

我停下脚步，和狗面对面对峙着。

要是川田在的话，这种时候肯定会捡起石头使劲儿扔过去把狗赶跑。但是当下我独自一人，只能站在那里一动不动。

不久以后，狗不再理我，又恢复之前查看四周动静的样子。我打开牛奶瓶盖，朝前走了三步，把它放在地面上。狗又开始朝我看过来。

我装作若无其事的样子向右转弯，打算把狗的注意力吸引到牛奶上来，然后找机会绕到"青田基地"里面，救走那些小猫。

我走到那狗的视线的死角位置，蹑手蹑脚地跑起来。先一口气跑过青田庄的院子，然后沿着小路右转两次绕到里面。我沿着青田庄的墙壁，走到"青田基地"前面，等接近板墙以后，才悄悄地贴着墙朝里看。

但就在这时，我发现狗已经闯入了我们的"青田基地"。它停在纸盒前面，慢慢把头伸了进去。

等它把头抬起来的时候，只见它嘴巴里赫然叼着一只小猫。它紧紧地咬住小猫的脖子，使劲甩了甩，最后松了口，小猫"啪"的一声掉在秸秆上。

看到这一幕，我整个人都傻了。狗紧接着再次把头探进纸盒，用同样的速度重复了上一幕。又一只同样大小的小猫"啪"的一声掉在之前那只小猫旁边。

等狗从纸箱里叼起第三只小猫的时候，我终于开始拼命地敲击墙壁，"哇哇"地大声喊叫起来。可是那条狗根本连看都不看我，又再次准确无误地重复了最后一次动作。

我失魂落魄地离开了那个地方。

我无意识地朝着学校方向走去。过了桥后，我停了下来。早晨的上学路上，一个人影也没有。

抬起头，远处的伊吹山像往常一样氤氲霭霭。整个城市仿佛尚处于睡梦之中，四周静悄悄的。

过了一会儿，我再次回到了基地入口处。那条狗不知什么时候已经离开了。远处，牛奶瓶孤零零地竖立在地上。我心中气愤不已，这算什么"青田基地"呀！

我拿着奶瓶，慢吞吞地往回走。

这一切都是我的错。我把它们从猫妈妈那里夺走，却因为害怕而没能救下它们。都是我的错，而且是无法赎回、无法赦免的重罪。

但是，这也不能怪我，至少不全是我一个人的错。转眼间心念回转，我又开始难过起来，这一切都是我的错。

这一次我是彻彻底底地失败了。迄今为止，在我犯错的时候，我会挨批，会后悔，更会糊弄，无论真的哭泣或者装哭，道歉或不道歉，最后总能混过去。可这一次却完全不一样。这让我第一次明白了什么叫"彻彻底底"，有些事情没有办法重来，即使绞尽脑汁也没用。

回家途中，我把瓶子用力扔进河里。瓶子扑通一声沉了下去。瓶里流出来的奶液像升腾的烟雾一样，让河面变得浑浊不清。

那是1975年，是一个农村放养的狗到处乱跑，小学生们来回攻防、斗智斗勇的时代。

◇

我上了小学五年级。

那条狗突然有一段时间不见了。大人们告诉我，说它因为吃坏肚子死掉了，死状非常凄惨。

"那一定是猫的诅咒！"川田恨恨地说。

◇

我上了小学六年级。

那个时候，节日庆典就是"学校放假的幸福日子"。

我们到朋友家里玩便捷式游戏机。当时的游戏数量并不多，其中《战火》的游戏规则是在游戏中救人，《安全帽》的玩法则是不停躲开天上落下来的扳手，而在《章鱼大战》中主要是帮助游戏人物逃脱章鱼的爪子，《大力水手》则是个吃菠菜的游戏。玩厌了之后就在那儿看漫画书。

到了傍晚，不知是谁提出"去参加庆典"的建议，大家一拍即合。

于是我们结伴向神社进发。中途，托嘉在抓乌龟的摊位前停住了脚步，他对大家说："我们玩玩这个吧！"他付了一百日元，从老板手里接过一个小抄网，比捞金鱼用的抄网还小一圈。

个头不大的巴西彩龟在珐琅容器中挣扎着来回游动,和玉越市场二楼卖四百日元一只的个头相仿。

几十只巴西彩龟中间混着一只金钱龟,并且这只金钱龟还名副其实地驮着一张千元大钞。一千日元的钞票被折成一个正方形,用皮筋固定在金钱龟背上。由于钞票的浮力,导致它无法潜水,被困在水面上不停地划着水,十分狼狈。

毫无疑问,托嘉是冲着这只金钱龟去的。在店老板冷峻的目光中,托嘉手中的抄网在捞起金钱龟的瞬间就破掉了。

我们几个人轮流买了抄网,全都去捞这只金钱龟。可结果无一例外,全都铩羽而归。

"这个真能捞起来?"冈信自言自语了一句。

听到他这么一说,店老板一言不发地把铁丝插进碗形糯米薄饼[①],对冈信说:"斜着入水,斜着捞!"

---

① 抄网一般有两种,一种是纸质的,另一种是用碗形糯米薄饼插上铁丝做成,现在很少见。

店老板用自己的抄网斜着插到乌龟身旁，猛地提了起来。抄网果然捞起了一只乌龟。他随即又把乌龟扑通一声丢进水里。

"斜着入水，斜着捞！"

店老板再次用刚才的抄网成功捞出了一只乌龟。我们几个孩子一言不发地望着他的操作。

托嘉再一次挑战了"捞乌龟"游戏。他按照店老板教的方法，让抄网斜着入水，猛地提了起来。可是抄网却一下子就破了。我们站起来，一起向神社走去。

"那个，铁丝插在碗形糯米薄饼上的方法肯定有问题！"

"绝对是这样！"我们异口同声地说。

那些给孩子玩的游戏，捞乌龟、脱模、射击、赌苹果糖、弹珠台、钓鳗鱼……，无论哪一个，实际上都无法带给小学生快乐。而且小学生太小，自己哪里都去不了。因此最适合他们的可能就是玩游戏机、看电视。

小学阶段大概是这个世界上最孤独的阶段。

回过头来看，这个阶段可以认为是最为快乐、无忧无虑的时期。但是实际上，小学生并不为谁所理解，还没有掌握任何语言技巧，只是在浑浑噩噩地消耗那段令人抓狂的漫长时间而已。

对于小学生来说，他们所面临的只有渺茫的未来和无法掌控的现在。小学生们只能在浑浑噩噩之中等待那漫长的时间一点一点地消逝。

回家的路上，我建议去捞金鱼。

"捞金鱼？"托嘉惊讶地问。

"真的要去吗？"冈信问。

"等我一下。"我说完，就一个人跑到了捞金鱼的摊位。交了一百日元，买了一个抄网，定了个大概的目标，嗖嗖地捞出三条金鱼。我把装鱼的小盆递给店老板，请他把捞到的金鱼装进塑料袋里。

捞金鱼对于低年级小学生来说难于上青天，而对于高年级小学生来说，则轻轻松松、手到擒来。毕竟，明年我们就要上初中了。

"捞了三条呢！"托嘉望着我手里提的塑料袋，笑了起来。

"该回家啦！"冈信说。

在四丁目街口，我们几个道了别，各自回家。

家里准备的水是昨天就放好的，细沙和水草也是专门从河里捞出来的。只要把金鱼连袋子一块放进去就行。首要的问题是要让它们适应水温。

虽然有两条金鱼在一周内就死了，但是剩下的那条却顽强地活了下来，也挺能吃饵料，活得很好。

梅雨期结束后，迎来了小学阶段的最后一个夏天。

暑假快结束前的一天，我早上起来后，发现金鱼翻着身子漂在水面上。

我把金鱼用面巾纸包起来，放进了河里。

经历了这些事情之后，我才终于感觉节日庆典结束了。上初中后，我可能就不会去参加节日庆典活动了吧，捞金鱼这种游戏也应该不会再玩了吧。

理着寸头的内野抱着足球来找我玩。内野是个粗鲁的男孩子，但是很黏人。

"上中学后，咱俩一起参加足球社团吧！"我往河里扔水草的时候，站在旁边的内野对我说。昨天他也和我说了同样的话。

"嗯！"我回答他，"我们要参加足球社团！"

漂在水面上的水草顺水往下游流去。在我身旁的内野高兴地笑着。

"喂！"内野喊了一声，"把球传给我。"

我接过球又传给他。

五丁目的公园里，麦琪和冈信应该正在等我们。他俩也会提出要参加足球社团吗？

暑假马上就要结束了。

我们俩轮流带着球，朝五丁目公园走去。

二、初中篇

"爸爸是披头士吗？"儿子肖恩问道。

因为儿子的这句话而再次开启音乐活动的约翰·列侬，于1980年12月，在返回位于曼哈顿的住所的路上，遭到了枪杀。

据说，在凶犯马克·查普曼的口袋里，人们找到了美国作家杰罗姆·大卫·塞林格的《麦田里的守望者》一书。在警察赶到现场前的那段时间里,他坐在马路上读这本书。

当时的我还在上小学五年级,还不知道约翰·列侬。当时的农村还有放养的狗,和小孩子们来回攻防,斗得不可开交。

第二年的三月,一个名叫约翰·辛克利的人,朝当时的美国总统罗纳德·里根开枪,导致里根身负重伤。他的口袋里放有一封写给女演员朱迪·福斯特的信。据说他也是《麦田里的守望者》一书的忠实读者。

我记得在我上小学六年级的时候,擅长剑道的森冈转学去了大阪。当时还是电子游戏盛行的时代。

第二年四月份,我升入了初中。

我的口袋里一般会放着猴皮筋、曲别针等小东西。所在的班级是初一的四班,我的学号是第十六号。因为受到内野强烈建议,并且当时流行《足球小将》,最后我选择了参加足球社团。

因为市里的学校规定男孩子都必须剃光头,所以大家就都跑到高桥理发店去理发。如果放在现在，肯定会被投诉侵犯人权，但在当时只是觉得光头而已，并没往深处想。头发剃得短短的，脑袋瓜儿摸起来毛茸茸的，反倒觉得很舒服，洗脸的时候都可以顺便把头也洗了。

我的光头脑袋瓜儿里面被虎面人、摔跤手布鲁泽·布罗迪、踢足球的立花兄弟、机甲战士钢加农等占了一大半，剩下一小部分则被班里那些女生所占据。

女孩子们中，人气往往集中在少数几个人身上。男生聚在一起瞎聊的时候，一半的人回答喜欢 A，剩下的一半人中又有一半喜欢 B，再剩下的人中又一半人喜欢 C。里面也有人偏要固执地说喜欢 I，实际上也就是这部分人有着明确而又具体的恋爱观。

用专业力士相扑比赛的术语来说的话，我属于喜欢关胁的类型，喜欢人气排名第三的 C。她在我眼中就像朴实无华的银器一样，别具一番魅力。

除了她之外，还有一位同级的女孩儿特别吸引我。

没有人说喜欢她或者说她可爱，我也觉得不要把这件事说出来。现在回想起来,自己一次也没有把这件事说出来过。

她个子比我高大概10厘米。用现在的眼光看,当然是个美女,而当时却没有人这样评价。换句话说,与其他中学生完全不同,感觉她活在另一个世界之中。

比如说,班里的女生几乎无一例外都把头发剪成齐刘海,紧挨着眉毛,而她却把头发留到了眼睛下方。可是,因为这与当时街头小混混们中流行的爵士风打扮差别很大,所以她也从没有因此而被老师和同学们批评。

也就是说,她是那种在文化上特立独行的人物,与街头热血、大背头的世界并不在同一次元。而当时我周围的男孩子们还热衷于谈论超人格斗大赛、阿修罗人等。

仔细对她进行观察,会发现她明显不同于周围的中学生。可她却和那些非常不起眼的女生们混在一起有说有笑,也许我正是被她的这一点所深深吸引。

我和她曾经同在一个班,当时还被要求写班级日志。所谓班级日志，就是写一些今天发生的事情或者自己的想法，然后交给下一个负责的同学。简单来说，就是一种班级公共的轮值日记。

大部分人都会写一些如"某某很让人无语""我因为做了什么而心情舒畅"等的内容。我一心想吸引她的注意，所以在班级记录中写得特别卖力。我把自己的事情、社团活动、读的漫画、朋友的趣事、昨天午餐吃什么等都写了进去，写得密密麻麻的。

而轮到她的时候，她也用细腻的笔触，写了很多内容，似乎在和我比赛。

与这个群体格格不入的她，内心大概也有很多话想要倾诉吧。而我也通过班级日志，逐渐知道了一些关于她的事情。

首先，她有一个比她大好几岁的哥哥（她叫他"老哥"）。她在班级日志中写下"我老哥是朋克"的文字，还配上了一幅莫西干头的肖像画。我很难想象她和一位顶着莫西干头造型的老哥住在一起的样子。

我的弟弟喜欢火车，还加入了陆上少年团。我们哥儿俩都喜欢套头衫，差别仅在于拉锁拉开多少厘米而已。

她还写自己去听西洋音乐会的事情。她写道："总之特别棒！"她还写了自己在音乐会结束后，坐在地上和朋友一起喝酒的事情。

但是她所写的"朋友"，我完全想象不出来是谁。我的朋友们一步也没走出大垣北中，社团活动结束后能喝到的饮料顶多就是普通的波子汽水而已。偶尔某个人拧开汽水瓶，发现瓶盖里面写着"恭喜中奖"的字样时，我们就会欢呼："太棒了！"

虽然没欣赏过西洋音乐会，但本地的体育中心我们每年都会去。因为那里有会追着中小学生到处跑的打扮得稀奇古怪的偶像。

此人的真名叫布鲁泽·布罗迪，是职业摔跤手，身高约198厘米，体重约135千克。每次入场时，他都挥舞着粗大的锁链，嘴里发出特有的"喔喔"的吼叫声。配上他天生的健壮身躯和一头如遭雷击般的爆炸长发，还有击倒别的摔跤手后获得的皮毛腰带和厚重的靴子。在当时的我看来，这套装束特别酷。

他的绰号叫"超兽"，不知道是谁给起的，不过我觉得这个外号对他来说真是名副其实。他确实是一个超越人类的野兽，一身肌肉让中小学生们看得目瞪口呆。除了他，没有谁能给我带来这般超乎寻常的震撼。跟他比起来，艺人们的气质和运动员的体型等之间的差异，只能算是人与人之间的不同而已。

令人吃惊的是，这头超越人类的野兽，并不像李小龙、拳王阿里那样虚无缥缈，他就在我们的身边。每年他都会乘坐巡回巴士来我所在的城市巡演。

会场上空回荡着齐柏林飞艇乐队的名曲《移民之歌》，入口处挤满了希望见到偶像的中小学生们。当入口那边传来铁链的哗啦哗啦声的时候，大概一个呼吸左右，"超兽"就会出场。挤在一起的小孩子就会像一窝受了惊吓的小蚂蚁一样四散奔逃。有时候，"超兽"还会挥舞着锁链，做出追赶的样子逗我们玩。

我们这些孩子笑着绕着会场跑，但绝不是逗"超兽"玩的那种笑。因为那么粗重的锁链，如果碰到我们这些初中生的光头，真的会要命。我们那时心里真是紧张万分，使劲在跑。

追了我们一圈后，"超兽"就会登上舞台。他的存在感和特别的行为，瞬间就在体育中心里面营造出一种不同于往常的气氛。作为职业演员，即使是在地方的小体育馆，他也很努力地进行表演。

在我们这些男孩在体育场追逐嬉闹的时候，她已经出发去名古屋了。她在班级日志中写下了"周末去逛名古屋"的留言。

对我来说，周末去逛名古屋这种想法堪称壮举。那个时候，我们这些人口中说的"上街"仅仅指去大垣火车站前而已。

她会逛逛类似现在的俱乐部一样的地方，或者在路边和朋友闲聊到第二天早上。这和我们本地的不良少年的聚会不同，有种"反传统文化"的味道。

当时，我们足球社团里流行往护腿板上写"必胜"两个字。

初一的时候，足球社团里有几条硬性规定。

第一，遇到前辈必须当场大声打招呼；第二，必须低头让路，让前辈先走；第三，不能在社团教室里换衣服；第四，集合时必须比前辈先到。

社团里的初一新人的主要工作除了遵守上述规定外，就是捡球和跑步。初一新生只是"参加足球社团活动"，而不是踢足球本身。只有在前辈不在场的时候，才能在沙地上偷偷地练习倒钩踢球。

分辨初一和其他的高年级学生也很简单，初一的孩子穿着白色运动鞋，而高年级的则可以穿皮制的黑色钉鞋。也就是说，经过一年的努力，才能在升入初二时被允许穿钉鞋。

初一的时候，我非常憧憬钉鞋，特别想早一点穿上它。偶尔为了凑人头被要求参加练习比赛，前辈穿的钉鞋就成了十足的"凶器"。

我与木根前辈身体对抗时被踩了一脚，我的运动鞋上竟然被踩出了个圆圆的洞，脚指头鲜血直流，痛得我哇哇大叫。

木根前辈回到防守位置，轻轻松松地举起了右手。

很快我们升入初二，期待已久的穿钉鞋进行测试的活动开始了，由顾问老师负责。我们这些新人一个一个轮流展示基础练习成果。老师判断"好"即合格，不合格的第二天继续参加测试。

连续三天的测试完成后，我们终于欢天喜地地获得了穿钉鞋的自由。

买鞋的时候，有彪马、阿迪达斯、亚瑟士、美津浓等一系列厂家的钉鞋可供挑选。版型有轰炸、喷射、米兰、德甲、鹿特丹等多种样式，我最终选了米兰款，而身为守门员的宫下却选了马拉多纳同款球鞋。

能穿上钉鞋令我们非常开心，可足球社团的练习却变得很辛苦。我们虽然赢过西部中学、南部中学、东部中学，但是却一次也没赢过江并中学。因此，无论如何也要赢江并中学一次。

筋疲力尽地回到家，吃过晚饭后我就上床睡觉了。夜里醒来的时候，我坐到桌子旁边，在电灯下一边听收音机，一边看她写的班级日志。

她的个人介绍栏里用片假名写满了各种各样的固有

名词。对我来说,这些词汇就像各种文化的窗口一样流光溢彩,我每个都看得异常仔细。

杰罗姆·大卫·塞林格的《麦田里的守望者》——她的爱读书目中赫然出现了这一本书。

当时的我就想:这会是本什么书呢?杰罗姆·大卫·塞林格这个名字读起来也朗朗上口(与亚瑟士、轰炸、喷射这些词汇给人的感觉完全不同)。这让我不知不觉在脑海中描绘出无边无际的麦田景象,开始想象它所讲述的故事内容。

我猜想这是美国的吧(我猜对了),感觉内容会像电影《伴我同行》那样(这一点完全猜错了)。

我们是一个班,在学校一起吃午餐,但是却没有正经说过话。只是通过班级日志了解了这么一点儿东西。我一直在注意她,可能她也注意到我了吧,但并没有发生什么特别的事情,日子就这么平平淡淡地一天天过去。当时的我们都是这种懵懵懂懂的状态。

仅有一次,我和她两个人面对面说过话。

那是初二那年的暑假。因为是假期，原本完全没有必要交换班级日志，但不知是谁恶作剧似的把它传给了下一个人。收到的人又恶作剧地传给下一个人，最终传到了我的手里。

现在的我完全不记得当时自己写了些什么。可能顶多写了些足球小将、机甲战士之类的东西吧。只记得下一个人就是她。

我骑着自行车，去了她家。（不知从谁那里打听到的地址。）

暑假已经过去了一半，我记得大概是下午四点，阳光很好。

我到现在还记得当时骑自行车时，脚踩着踏板，天高气爽的感觉。还有看到用订书机简单钉起来的班级日志那薄薄的粉色封皮在风中被吹得哗哗作响，担心它随时可能破掉的心情。

按下门铃后，她走了出来，我把班级日志交给她。那是我第一次看到她不穿校服的样子，但现在却完全不记得她当时的装束了。

"这个……班级日志。"

"哦!"

她的样子似乎有些意外,伸手接过了日志本。这就是我唯一记得的和她交谈的场面。

初三暑假的时候,我们足球社团终于赢了江并中学,进入了县里的大赛,但却在进入县里大赛后的首场比赛中就以一比四输掉了。

北斗神拳的传人拳四郎击败了宿敌希恩后,遇到了义星雷伊。

在雷伊被拉欧击败时,我的初中生活也结束了。

三、高中篇

有可能是一个小时前坏的,也有可能是一年前坏的。时隔几年再次按下按键的时候,磁带播放机没有任何反应。

机器里装着磁带,但这盘磁带究竟是什么磁带呢?……

唯一有反应的是倒带键。按下后,磁带开始倒带,发出嗡嗡的摩擦声,仿佛是通往过去的单行线。

最后一次用磁带播放器听音乐是什么时候,我已经完全记不起来了。

"嗡嗡嗡嗡嗡嗡……"磁带倒带时的声音不绝于耳。

不久,磁带倒到了尽头,咔嚓一声停了下来。之后所有按钮就全部失灵了。

"你拆开看看。"电话那头,她这样指导我,"反正坏了,你就死马当活马医吧。"

"那倒也是!"我表示赞同,一边拿着话筒,一边取来了一把一字螺丝刀。

我慢慢把螺丝刀伸到磁带口中,使劲之前嘴里还不忘跟她打招呼:"那我拆了。"

"嗯!"她回答。

我把手指伸到缝隙里使劲一掰,只听"啪"的一声脆响,树脂零件破裂了。

里面掉出来了一盘带金色标签的磁带,是"万胜"牌的。

"哇!"看到磁带的瞬间,我一下子想起来了过去的事情。三年前还是四年前，冈信来我这里玩的时候，就是听了这盘磁带。

"你说什么？"她问我。

我回答了一句标签上的内容。

◇

刚上高中就有一个名叫鸣尾的男生开始跟我套近乎。

"喂，我们一起组个乐队吧！"他说。

好像除了我之外，这个鸣尾还叫了其他几个人。虽然不清楚他是以什么标准招收队员的，不过从此以后，我俩就算混熟了。然而除了关系好之外，我们似乎也没有一起干什么事。

我们聚在一起，开始模仿乐队进行活动。由于成员分别来自东部中学、西部中学、南部中学、北部中学，因此乐队名称就被定为"东西南北"（也因为当时已有一个叫"The 东南西北"的乐队）。

我觉得组乐队要比踢足球更有趣。当然我心里也有个小算盘，心想这样说不定会受女生欢迎。

说是乐队，我们也就顶多排练过几次而已。第一年春天就这样在摸索中过去了。与此同时，我们原本的光头上，头发也按照一个月两厘米的速度在恢复。

不久以后，男孩子中间就开始出现了"发型"的概念，等到吹风机派上用场的时候，鸣尾的兴趣突然从组乐队转移到了考驾照上。

"因为出不起舞台租赁费用，所以我决定退出乐队。"

他说完这些，就像风一样没了影子。记得有部小说讲的是某人召集了乐队成员后自己却消失不见的故事。鸣尾这家伙竟然真的干出来了这种事。

于是从乐队这件事中淡出也成了摆在我们面前的选择。但是，也许是一时的意气用事，剩下的成员反而增加了凝聚力。甚至有人扬言，我们要向职业音乐人的方向努力。就连这种想法都有人附和说"不错"。

于是我们选择了经典的摇滚曲目，开始拼命练习。我们还不无嘲讽地把乐队名称改成当时召集我们在一起的那家伙的名字，叫作"naruwo"。高中校园文化节上有非常有名的"青年音乐节"活动，我们目前以参加这个活动为目标。

要想参加"青年音乐节",需要有课外活动许可书。乐队练习也被归为课外活动一类(当时还盛传存在一种叫"男女交往许可证"的东西)。男生和女生交往不三不四,弹吉他的会成为不良少年。相信这种说法的人,在这个小城里大有人在。

"许可是什么鬼东西?"

我们几个成员一起去取了申请用纸。

在上面活动团体一栏中,填上了大大的"naruwo",把那空栏都占满了。在下面填好乐队成员的姓名和班级之后,发现还有顾问一栏要求填指导老师。

"顾问?"

最终我们填了小桥。

教物理的小桥老师平时喜欢穿白色的衣服,爱干净,稳重,给人的感觉非常好。记得他在教做功原理的时候,讲了"给荞麦面馆送外卖的人没有做功"的笑话给我们听。结果因为这个笑话太难懂,没有一个学生被逗笑。不过因为他刚刚入手了一辆丰田基先达轿车，心情似乎还不错。

"如果是小桥老师的话，一定会理解我们吧！"我们一边笑着讨论，一边把他的名字填进了申请表。

夏去秋来。

最终我们的乐队未能参加"青年音乐节"。

小桥老师好像没有"理解"我们，乐队"naruwo"最终没有获得课外活动许可。我们几个在失意之余解散了乐队。这是我们第一次"解散"。

即使以现在的眼光来看，当初的"naruwo"乐队仍然隐藏着无限的可能性。要是能够坚持下来，说不定已经成为职业音乐人了。但是，沉湎于自我满足的小桥老师却以"无聊的笑话"为理由摧毁了我们的梦。依我们看，他说的给荞麦面馆送外卖的冷笑话才是真的无聊。

还记得我们随后在他的基先达轿车上涂鸦，写了"naruwo到此一游"、牛顿的运动方程式等来发泄不满。

一周以后，我们又组建了新的乐队。换了几个成员，名字也改成了"Come Come Now"。

我们"Come Come Now"乐队首先模仿的是当年风靡一时的重金属音乐。整体来说，伴随着音量的增大，声音变形也没问题。节奏也变得更快，细节做得更好。

主音吉他手很得意地卖弄"炫指奏法"，装饰性地在很多地方增加了点弦、泛音，这让贝斯手很是羡慕。鼓手用压岁钱买了双踏板。主唱还特意在对外出租唱片的店里复印了歌词卡。

这样一来，我们"Come Come Now"乐队整体的技术性得到了极大提高，音乐也变得更具可玩性。对于我们几个来说，音乐变成了不可替代的存在。

练习结束后，我们一般都会聚到鼓手家里讨论反省。每当这种时候，话题总是从音乐开始，到女孩子结束。有人讲河合奈保子好看，有人夸金原早苗漂亮，也有人说两个女孩长得都不错。

第二年的春天过去之后，转眼到了夏天。

为了避免重蹈去年的覆辙，我们跑到教化学的北村老师那里，诚恳地请求他担任我们乐队的顾问。我们几个人中学习成绩最好的贝斯手作为代表发言，其他的成员跟在后面一起喊："拜托您啦！"

"我知道啦！"北村老师回答道，"下次让我参观下你们乐队练习的地方。"说完他继续低头批改小测验的卷子。我们几个说了声"谢谢"，就从办公室里出来了。

"喂！"吉他手小声问，"'参观'是什么意思？"

"没关系的，他又不会真的来。"有人如此断定。

我们几个对这个结果很是满意。

"果然还是拜托'金枪鱼'比较好。"贝斯手说。

"不能再喊他'金枪鱼'了！"我生气地说。

"是的！"贝斯手也同意我的看法。

北村老师的背影有些佝偻，很像市场上的金枪鱼，于是大家就给他起了"金枪鱼"的绰号。不过从今天开始，他就是"Come Come Now"乐队的顾问了，我们决定以后称呼他"制作人"。

过了几天，"制作人"果然来参观我们乐队的练习了。

伦敦的乐队运动结束,新浪潮和世界音乐逐渐抬头。在日本,尾崎丰倡导自由,蓝心乐队创作了名曲《无尽之歌》。硬摇滚完成了形式美学的重构,以洛杉矶为中心取得了商业上的极大成功。

而在我们这个地方,想玩摇滚却需要获得课外活动许可书。乐队配有顾问,还会来指导练习,是真的来现场那种。

看到来参观的北村老师,我们几个憋住笑,演奏了平时不会选择的披头士的《回来》,还特意把音量降到了平时的二分之一。结果演奏的效果很烂,惹得"制作人"笑着安慰我们:"继续努力吧!"

"是!"踩着双踏板的鼓手"林戈·斯塔尔"响亮地回答,"努力!"

指弹技法无双的吉他手"约翰·列侬"也做出了同样的回答。

北村老师应该算是第一个认可我们音乐的大人。我们打算以后在武道馆开音乐会的时候,邀请他坐第一排。

作为回报,我们几个后来只要发现有人喊北村"金枪鱼",就会狠狠教训那家伙。

"不准叫他'金枪鱼'!"

于是,从此喊北村"金枪鱼"的人越来越少。而当北村的绰号彻底被"半鱼人"取代的时候,已经到了秋天。

校园文化节的"青年音乐节"环节,我们乐队首次亮相大舞台,开场曲目是滨田省吾的《有请DJ》。

那个时候,我们几个都爱喝运动饮料,远胜过以前对波子汽水的热爱。也开始听西洋音乐,有时也会去名古屋逛逛。商店里的汉堡包比任何时候都有人气,而漫画《北斗神拳》中的拳四郎、阿米巴也仍然活跃在擂台上。

偶尔我们也会乘坐大垣始发的夜间列车去东京。对那时的我们来说,车票上印有"大垣—东京"字样的这种火车非常特别,使用"青春18"专用票的话,两千日元就能坐到东京,有效期为一天,算是张"能够去任何地方"的车票。

《有请DJ》。

回想起来,当时的我们每天玩音乐都玩得很开心。

校园文化节上我们创作了角斗英雄的电影,结束后我平生第一次喝了酒。除此之外,我们还在父亲是僧侣的人家里敲着木鱼进行纯人声合唱练习,趁着夜色跳进学校的游泳池裸泳。我还为了逗邻座女孩儿开心使尽浑身解数,终于在换班的时候,成功约到她一次。

那一年,哈雷彗星时隔76年再次接近地球,我们成功地演奏了开场曲目。

与小学生的时候不同,我们并不只是等待。这个年龄的我既觉得自己能够去任何地方,也知道自己实际上哪儿也去不了。虽说丢出骰子一定会有数字,可我的兜里却连一个博彩的筹码都没有。

考试对于我来说,也是不愿触碰的痛,而且我仍旧不受女孩子欢迎。

每天傻傻地活,傻傻地乐。但是无论在家里,在学校,还是在街上,都不知道自己在干些什么。这让我觉得一天也不想在这儿继续待下去，特别想早点离开这个城市。只有在我哈哈大笑的那一刻，我才会忘记这些烦恼。

但是，我们至少成功地演奏了开场曲目。

拳四郎仍在漫画《北斗神拳》里继续他的宿命之旅。

在他再次击败南斗圣拳的那些家伙时，我已高中毕业，离开了这个小城。

◇

"哦！《有请DJ》这首歌。"从她的语气中，我无法分辨她对我说的这些事情到底是否感兴趣。

当时录音的磁带，被性格严谨的冈信很好地保存了下来。几年前，再次见到他的时候，他带了磁带给我。我俩一边喝着酒，一边播放当年我们亲手演奏的作品来听，纵使时隔多年，当年的青涩依然让我俩感到有些不好意思。

"播放器不是坏了吗？听不了了吧？"她问我。

"是吧。"我陷入了短暂的沉默。

"亲爱的,那个'Come Come Now',到底是什么意思?"她又问我。

"哦,那个是英语课本里的一句话。"我回答。

"现在来我这儿吗?"她说,"我这儿有磁带播放器哟。"

"马上就去!"我回答,"你那个播放器好使吗?"

"应该没问题。"她回答。

"我现在就去!"

再次在电话里重复了一遍后,我在心里默默地想:等着我,三十分钟后我就到。

四、大学篇

到东京上大学的时候,我刚好18岁。

我的大学生活是从凑齐锅、水壶这些生活用品开始的,突然开始独立生活,感觉很多方面都很不适应。

原本的设想是在学校里和几个关系好的人组成小团体,相互之间可以借笔记,互学互助。课程虽然有些难度,但是我们还是能掌握要领,顺顺利利地取得学分。打短工的时候,我也能收获几个朋友,一步步拓宽自己的世界。回到学生公寓,能够自己做饭,比如昨天就做出了一锅异常美味的咖喱饭。周末的时候,还可以考虑约女朋友来自己房间玩。

我以为这本就是集体生活该有的模样,可是关系好的圈子、好吃的咖喱,甚或女朋友什么的,哪儿才会有呢?这一切当然不会自动从天上掉下来。

原先我想,刚开始可能不适应,不过慢慢地这个世界就会像齿轮一样咬合在一起向前运转吧。可是,即使过了好几个月,我还是没能融入大学生活,自己也搞不懂为什么会这样。

教室里一个朋友也没有,公寓里连窗帘都没有挂。因为窗户正对着隔壁的镀锌板墙,所以没必要挂窗帘。

无聊的大学就是无聊人的集合体。自己不能努力融入集体,索性就装作一副"不想和你们玩"的嘴脸。而那些走在路上,装出一副对什么都不屑一顾的表情的人,只是为了掩饰自己的无趣。

不过,慢慢地,和自己一样感觉孤独失意的人,一个两个地聚集到一起，组建了一个乐队。

白费力气弄出很大动静的时候，是最快乐的。

而当一个人独处的时候，在默默看着吐出的烟圈发呆的那一刻，我才会意识到自己很久之前就一直在唉声叹气。我是不是应该更加全面地向世界展示自己的热情和毅力？至少也要朝着这个方向，一点点努力变得外向、开朗一些。

记得踢足球的时候，自己无论是热血沸腾还是奋勇抢夺，都非常简单轻松。当时那种不顾一切要击败江并中学的心情是真实的感受。但是现在，能够发泄的场所，学习的内容，能够发挥的才能，乃至养精蓄锐的基本体能，这些我都没有。我既不深谙和歌的真谛，也没有任何志气，既没有窗帘，也没有录像机，连足球都没有。为什么会这样？那种令人窒息的焦灼一直困扰着我。

乐队也是一样，每次和别人意气相投的时候就组一个，然后又解散。

我们模仿、创作不同的曲子，也在各种场合演奏过。分期付款买乐器，AA制租录音棚，把乐器装在破旧的小货车上跑来跑去。鼓手不知敲断过多少根鼓槌，吉他手不知弹断过多少根琴弦，每次我们创作出新曲目时，都有一种极大的成就感。

那时候，我们几个每天抽掉的香烟数量也非常惊人，主唱只在临近演出前才短暂戒烟。

当时的我满脑子都在思考：什么是有趣？什么是无趣？什么是酷？什么是不酷？哪些话想说？哪些话不想说？什么才是真正的强大？什么是套路？什么是温柔？什么是真实？自己到底想去哪里？自己又想要什么？自己如何才能放松？

当然，答案是什么我自己也不知道，也不可能知道。只是在自己偶尔有了一点儿收获的瞬间，特别希望能对着这个世界大声吼叫而已。

大学生活的无趣，实际上都是我自己的问题。当我明白了这一点之后，我就不再觉得无趣了。看似重复的每一天，其实蕴含着无限的自由。

与乐队的伙伴混在一起的日子，实际上是很可笑的。

我们每天都会下意识地聚在一起。只是重复着聚到一起这个行为。毫无依据的自信膨胀，说着一些不着边际的话，瞧不起其他国家，也看不起别人，几个人喝喝酒，发发牢骚，吹吹牛，乐一乐。偶尔创作出一首曲子就会意气风发。

我还交了一个女朋友。

那段时间的我沉湎其中，得意扬扬，甚至觉得乐队都可有可无，但是很快就被她甩了。

当时的我完全不理解怎么会这样，我也并不成熟，更不知道如何和她修复关系。甚至会自我安慰，强迫自己相信失去了就失去了，没什么大不了的。

那年夏天，传来了一个令人难以置信的消息。

据新闻报道，在加勒比岛国波多黎各发生了一件事，"超兽"布鲁泽·布罗迪在体育场的休息室里被同事刺伤，死于非命。

《东京体育新闻》在头条位置刊登了这条消息，而其他媒体却只是稍微提了一下。那个甩着铁链到处追逐我们的"超兽",就在这年夏天被人用小刀刺死了。

不能总是这么下去!

每当我有所感触时,总是会这样想。布鲁泽·布罗迪死了,我不能这么一直下去。

玩《勇者斗恶龙》的游戏时,最终击败巨大的恶魔皮萨罗后,我会有一种成功后的畅快感。而实际上什么也没干成。打麻将清一色赢牌的时候,也会觉得自己相当厉害。但是实际上并非如此。

孤独的日子结束后,我们虽然感觉很愉快,但心里很痛。杂七杂八的日子过去之后,我们终于获得了能去任何地方的自由。但是独自在房间时,所思考的事情还是一样:"这样不行!我不能一直这样下去!"

喜欢读某个人的书,这一行为与了解某人的行为非常相似。

我心血来潮拐进书店，随手拿了一本书来看。

那是本非常奇特的书，蓝色与白色的扉页上，画着奇怪的涂鸦。背面写着封面插画创作者的名字——巴勃罗·毕加索。

书名叫《麦田里的守望者》

这本书正是中学时候的那个女生和两名枪击犯喜欢读的书。那个女生，我从中学毕业以来就一直没有再见过她。

回到独自居住的公寓，我开始读那本书。说不定这是她所写的班级日志的后续内容。我时不时会点上一根烟，安静地读上几页。

这本书所描绘的内容和想象中的让人酣畅淋漓的故事完全不同。那位名叫霍尔顿·考尔菲德的少年，用一些听起来很陌生的词语说着脏话，大把大把地浪费金钱。

他因受伤而咆哮号啕，他绝望地彷徨，他到处奔走，他睡眠休息，他回忆过往。他否定了绝大部分东西，只肯定极少一部分人和事。

看着菲比转圈圈的样子，考尔菲德突然感到一阵幸福，幸福到让他迫切希望能大声呼喊出来的地步。为什么会这样？他也不知道。只是觉得菲比穿着泳衣不停转圈的样子让他感到一种无上的美。

我觉得自己和狂热而病态的霍尔顿是无法成为朋友的。霍尔顿也从未给我打过电话，大概我也是他所鄙夷的人吧。

但在当时，嘴里聊着机甲战士钢加农、阿修罗这些话题的我们，实际上也和霍尔顿是一类人。在护腿板上写"必胜"，被布鲁泽·布罗迪追得到处跑，这些行为也都和霍尔顿类似。说到底是因为无论是霍尔顿，还是当时的我，都被困住了，哪儿也去不了。

我合上了那个女生所爱读的书。

北斗神拳的拳四郎已经击败了全世界的坏蛋，进入了培养下一代继承者的新阶段。

当他完成任务，踏上新的旅程时，关于他的救世主传说也落下帷幕。

五、浪人篇

大学毕业后，我进了一家制作镜片的公司。

设计镜片是一种非常复杂的工作。要想操纵光束，得到理想的图像，必然会产生像差。球差、彗差、像散、场曲和畸变被称为赛德尔五像差。

由于上述像差产生于光的折射法则本身，因此并没有办法彻底消除。降低了五像差中的一种，则另一种像差又会增加。也就是说，想设计出完美的镜片是不可能的，可行的做法是将多组透镜组合，来相互弥补缺陷，从而得到想要的结果。

把设计好的镜片制作出来也是一件非常困难的工作。

首先要对玻璃进行修坯、磨制，然后进行芯取作业。接下来对外形和中心厚度进行精密测量，测量表面精度要用到牛顿环仪，而形状误差则需要用干涉仪来测定。

最后一步由工匠手工精磨，这就依靠匠人的直觉和丰富的经验。通过反复试错，得到需要的结果。制作一块那种人造卫星上面使用的大型镜片，一般需要几个月时间才能研磨、加工完毕。对于工匠来说，即使并没有直观的一加一等于二那种制作工艺手册，最终也能做出正确的镜片。

我在那家公司以工程师的身份，负责光学仪器生产。

我下决心要好好干。我对工作充满热情，当我把自己的心思放到工作上以后，就只会出现三种"像差"。无论下定什么决心，如果偏离了劳动的本质，至少要认真地去做。比谁都要更认真。我要成为用工人打磨出来的精美镜片观察世界的帮手。

平时上班，休息的时候我就作曲。有时会和朋友聚在一起玩乐队。

玩了十年音乐，我也慢慢地成了一个专业的"业余音乐人"。无论自己或是其他乐队成员，聊起作曲之难来，一个个都做出很懂的样子侃侃而谈。

因为聊这些话题的时候，感觉自己的大脑会有一种被麻痹的爽快感。偶尔也会感觉有一个声音在对自己说："别傻了，你们什么都不是。"我们这些人聊作曲，简直毫无意义。制作镜片要比这个难上几十倍。

等我意识到这一点的时候，已经在这家公司干了六年了。

六年中，乐队换了很多成员，我们也创作了很多曲子。但整个过程实际上只不过是一点点否定自己的音乐梦而已。因此，最后一次组建的乐队决定解散时，我认为正是时候。

想来这也称得上是一个轮回，过去的只是六年的青春，或者说是生命的一次暂停，一段逐梦的旅行。只是在我看来，自己又回到了原点。

到后来，我开始写小说，有点出乎意料的自然。我打算辞去工作，也是一件非常自然的事情。一方面我存了不少钱，还得到了六十七万日元的离职补偿，并且补偿的钱不需要缴税。

在送别会上，我发言说："分别才是人生的常态！"所有人中，只有车间主任大野请我吃了一顿饭，给我送行。大野以前喜欢骑着一辆本田 CB400 摩托东游西逛。(只有曾经是"坏小子"的人才对离去的后辈好。)

离职后的半年时间,我一直窝在公寓里读书。这个世界上书籍的数量真是惊人。每个月我会去 Hello Work[①] 办一次失业保险手续。

半年后,我才正式开始小说的创作。第一部作品,我打算写一篇以"重要的是意志与勇气"这句话作为开头的小说。同时还购买了刊登有招聘信息的报纸。

招聘信息上刊登了很多工作,但对一个离职工程师来说,可选择的并不多,确切地说是非常少。

我发现补习班的兼职老师很适合自己,于是就准备去面试。我就像小说中的主人公一样,准备了履历表,坐电车去面试现场。

到了地方,会场里已经聚集了五十来个人,外表从职业西装到光头应有尽有,每个人的经历与求职的动机也各不相同。

面试官在进行了简单的说明之后,给大家发了考卷

---

① 公共职业安定所的通称。

（类似大学入学考试的内容），要求任选两科目作答。于是，我时隔多年再次做了数学的因数分解，时隔多年又回忆起了"垦田永年私财法"这一词语。

笔试完成后，参加面试的人轮流到隔壁房间面试。一位穿白色衣服的男子和另一位穿公务西装的人首先宣布了考试结果："数学很好，但是社会不及格。"我不会写"卑弥呼"这三个汉字，就写成了片假名。这样的答案让我感觉自己愚蠢得不可救药。

面试过程中，有个人问我在之前的公司干什么，我回答："一直当工程师。"那位穿白衣服的男的说："原来如此！"

他深深地点了点头，一副"我懂了"的表情。我心里很想反驳他："实际上并不是你所想的那样。"

白衣男子递过来一道"以800米/分钟的速度通过大桥的电车"的题目，让我现场进行模拟讲解。

于是我脱掉上衣，站到了讲台上，在白板上画下了铁桥和电车的示意图。

"诸位请注意！"为了证明自己的能力，我刻意用较大的声音说,"假设未知数为 X,求解就从这里开始。"

"嗬!"白衣男子抬起了下巴看着我。

被告知面试结果将通过邮寄的形式送达后,我走出了考场。临出门的时候,看到光头的那位正低着头,嘴里在不停地念叨着什么。这时我注意到自己出了一身汗,这才意识到刚才自己有多紧张。话说回来,这也是我时隔多年再次感到紧张。

走到街上,吹着和煦的暖风,人很惬意。此时,下午太阳最晒的时候刚刚过去。

我走到马路护栏旁边,抽起了烟。望着吐出的烟圈,我默默地想:差不多也该戒烟了吧。

风很大,背上的汗转眼就干了。街头嘈杂的景象好像什么事情都没有发生过一样。这让我觉得这个世界的运转与自己一点关系都没有。

我觉得自己似乎走到了一个难以想象的窘境。

在我的前方,既没有工程技术,也没有音乐和足球。辞去工作打算以写小说为生的想法,乍一看似乎可行,但是这与学生时代以专心备考为目的而辞去社团活动的行为相比，要差个十万八千里。

我二十九岁了，在"二十九岁"前是应该加个"才"，还是加个"已经"？不管怎么样，现在的我就是个等待面试结果的可怜虫，并且命运还掌握在那个穿白衣服的男的手里。

我熄灭烟蒂，心里暗下决心这就是最后一根。如果连烟都戒不了的话，那么我的未来的悲惨可以预见。送货的卡车从我身旁飞驰而过，我把手里的烟盒拧了个稀巴烂。

经过一个轮回后，仍然熊熊燃烧的心灵之火，到底存不存在？凭借已有的信念，我还能不能活下去？把所有收集到的光集中于一点，是否就能凝结出一个完美的图像来？

鸣尾去了县政府当公务员，内野成了系统工程师，麦琪在省警察局当刑警，冈信在建筑公司设计巨大的堤坝。川田目前处在失业状态，高中时交往的女朋友也去了美国。

托嘉和弗兰肯现在大概也在做着什么吧。喜欢读

《麦田里的守望者》的女孩现在怎么样了？小桥老师是否还在说着他那些无聊的物理冷笑话？北斗神拳的拳四郎现在还在继续着他那宿命般的旅行吗？

1999年，那年我二十九岁，当时世界上有很多人认为世界末日就要到了。

我们不能只是傻傻地等待。我们可以把金鱼养好，也能对喜欢的女孩子温柔一点。我明白只是干等的话，什么事情也不会发生。我也知道眼前最简单的事，其实也是最难的事。

我紧紧攥着兜里的车票，经过这一个轮回，我不知道自己到底得到了几个可以博彩的筹码，但是我会永远珍藏着。那时演奏的开场曲目，至今仍然在我心中回响。

遗憾的是，我补习班兼职老师的面试失败了。

寄过来的面试结果通知单上写着"祝您今后贵体愈益康健"几个字。

今日篇

据闻世界上有三种美德，被称为世界三大美德。

关于这一点，我是这样考虑的。

三大美德之一是"礼仪"，似乎自古以来就是如此规定的。从先辈到后辈永续传承的这一美德，有着极其顽强的生命力。历史仿佛在呼唤"接受它！"，于是我欣然接受。

第二种美德叫作"和睦"。我刚刚在此注意到它。在这里和女朋友一起看烟花的时候，我想起了这一点，或者说我确信自己意识到了这一美德。

隅田川这条河上架着无数的桥，但是从胜哄桥到下游，就一座也没有。

从这个距离看到的隅田川的烟花，那些焰火似乎小到都能用双手包起来，"啪"的一声升上天空绽放开来，然后就像拖着尾巴一样静静地消失得无影无踪。我和女朋友肩并肩站着，欣赏着这一美景。河岸边有一对小姐妹正在追逐打闹。

"和睦"。

对于与梦幻的烟花一同升起的"和睦"这一概念，我甚是赞同。作为世界三大美德之一的"和睦"，我从很久以前就知道。

那么，三大美德中的最后一个是什么呢？我沉思许久，可始终一无所获。

一般来说，会有"热情""努力"等候选答案，但是这些以追求回报为目的答案，似乎和美德沾不上边。尽管我想到了"谦虚"，但应该还有更好的词语。

望着流淌的河水，我的思考一直在继续。脑海中又出现了"诚实""拼搏""孝顺""勤勉""全勤"等词语，不过都被我否定了。虽然这些都很重要，但是，我觉得应该有更为通俗的说法。

有艘小型机动船溅着水花，溯河而上。望着船尾激起的波浪，我在河边坐了下来。我一直觉得坐在这里吹吹小风，很多事情都会往好的方向发展，因此常在这里消磨时间。眼前的景象，常会让我发出"还是小河好啊"的感慨。

有一次，我在这里遇到了一位手拿大塑料袋和夹子来散步的女士。她一边散步，一边捡起地上的空瓶子和一些垃圾。

主动捡拾空瓶子。

她的这种做法让我非常欣赏，我觉得这可以算作世界三大美德之一。"礼仪""和睦""捡瓶子"，这三样放在一起，既绚丽多彩，又通俗流行，甚至还有些摇滚的感觉。

虽然那时我把它当作最有力的候选美德，但是心里仍然感到有些不足。这三样摆在一起，也许人们会接受，但是，不能否定确实有些出乎意料的感觉。要作为"三大美德"来进行歌颂，的确有些缺乏普遍性。

筑地市场位于胜哄桥旁，不断有货车进进出出。旁边的汐留区高楼林立，晴海一侧则正在进行拆迁，大批高层公寓正在热火朝天地进行建设。而和陆地上的风景迥异的是，河面上能看到各种生物在活动。

首先是显眼的鲻鱼群，据说这种鱼在满月的时候就会跳出水面。就像大家常说新西兰羊比人多一样，我觉得东京都这里鲻鱼的数量可能也比人还多。

我还曾经看到过游动的鳐鱼。我从小生长在内陆，瑶鱼对我来说简直就是想象中的一种生物。而它们就在我的眼皮底下,排成一行飘飘然地朝上游游去。听桥上钓鱼的人说,这里甚至还能钓到鲈鱼。

我还曾经看到茶褐色的小动物沿着河边嗖嗖地跑得飞快。仔细看却是长得和猫差不多大的老鼠。

原来是老鼠,我的疑惑得到了解答。

"牺牲短打"①。

脑海中突然冒出来了这个词。世界三大美德之一——"牺牲短打"。我也不知道自己为什么会突然这样想。但实际上它并不是一种美德,只是一种单纯的棒球打法,或者说是一种对于合理性的追求,再或者说是一种战术。

眼前的水面上浮着一只鸬鹚(可能是海鸬鹚),时不时把头扎进水里。空中飞翔着很多海鸥。近距离观察海鸥,会发现这些鸟的眼神非常凶恶,一副嚣张的样子,给人的感觉很不好。

城里活动的乌鸦就像山贼一样,那海鸥也就是海盗

---

① 英文是 sacrifice bunt。意思是牺牲触击,牺牲短打。

了。我所处的这一带就相当于海盗的势力范围了。

"善于待人接物"。

老实说,我觉得这一条非常好。世界三大美德之一——"善于待人接物"。我觉得它作为三大美德之一完全名副其实。

可是我不想采用吉田想出来的东西,所以就暂且放入候补之列。

夜幕降临,河面上充满了浪漫气息。亮灯之后五颜六色的东京塔,鸣响汽笛的"山茶花"号轮船,就像用原声吉他弹奏七和弦一样令人心神荡漾。河边传来了一对情侣谈情说爱的声音。

"喂,快看,有鸬鹚。"

"看到了,看到了,也可能是海鸬鹚。"

两人开始了爱的对话。在两个人周围,好像还有只老鼠在跑来跑去。今夜的满月默默地守护着这片大地。

以前,在我心情不好的时候,遇到这样的情侣,甚至会悄悄捡起小石子扔过去。但是,现在的我已经不这么干了。

"不向情侣扔石子"。

这一条能否入选世界三大美德呢？不行，加入这一条的话，三大美德就变成三大常识了。

只要不停思考，就能找到无数种美德。这怎么能行呢？如果这样，那就不能称之为思考，而只是凭借感觉去想象了。"礼仪""和睦"，接下来究竟是什么呢？……

"再找一种美德"。

最终我注意到这也许才是世界三大美德的最后一个。可能是受了夜空中那轮满月的启发，也可能是鸱鹟告诉了我。

吟游生活

城市里充斥着各种各样的人类活动，人类一旦消失，就会只剩下那些活动痕迹。

巨大的城市里有数不清的建筑、商店和道路。那里存在着多到无法想象的各种人类活动。而且存在的这些活动一定都有各自的理由和意义，其中我能够捕捉到的又有多少呢？想到这里，我只能念一声"南无阿弥陀佛"。

每当我发现一处别人留下的痕迹时，心里总会感到一丝得意。

比如在街角路边有玩"摆石子"游戏后留下的石子；房子屋顶上别人摆放的烟灰缸；某处人家门口玄关边摆放的一小碟盐；或者小河上放着的一块木板，那可能是某人专用的小桥……

这些都是只有自己一个人发现的，一个个小小的秘密。

不过，我已经很久都没有发现新的小秘密了。

下午两点，我请了三十分钟假，从店里出来。天气好的时候，我一般会在附近的小店买好牛奶和三明治，带到公园里享用。

说是公园，它的面积其实只有两个网球场大小，里面有滑梯、堆着土的坑道，以及其他几样小型游乐设施。这个时间一般没有人来。

坐在长椅上，我把吸管插进牛奶盒里。

远处传来小号声，不知道是谁在吹小号。我跟着小号的旋律哼着歌，悠闲地享用牛奶。

公园左边一角有一块地势较高的区域。上面密密麻麻地栽种着齐腰高的树木，有些树还长得很高。茂密的树丛里，能看到一团黄色的东西。

我吃着三明治，眼睛盯着那团黄色。这东西之前我好像看到过，又好像没有看到过。不知何时，小号停止了演奏。

三明治吃到一半的时候,我走进那片密林,往枝叶里面一瞧,原来那是一个塑料小碟,黄色的,半旧不新的样子,直径大约有十厘米,碟子边儿上印着一行字母——"gathering"。

这东西看起来既不像是有人放在那里的,也不像是有人藏在那儿的,但还是有种人为的感觉。看明白之后,我大口大口地吃起了三明治,突然感觉树丛里面好像有什么东西动了一下。

仔细一瞧,原来是只猫。和我眼睛对视之后,它慢慢地停了下来。

猫和碟子。

我终于明白了二者之间的联系。

那个黄色的小碟子肯定是有人用来给小猫喂食的。我用吸管喝着牛奶,终于弄明白了这是有人特意这么做的。

安静下来的小猫一动不动地望着我。看起来它似乎对我毫无戒心,一副爱搭不理的样子。

我站在猫的立场，像一只猫一样思考着。

也许这只猫是发现我注意到了它的碟子才故意现身的吧。它似乎在说："猫大人我在这里。喂！那不是碟子嘛，你放点东西给我填饱肚子。"它可能是为了给我那个许可，才向我展示它那一身引以为傲的皮毛的吧。

我吹起了口哨。

也许是刚才小号演奏的一个片段，但也可能与之有点不同。随口哼的旋律洋溢着恰到好处的幸福感，在早春的公园里四散开来。

我决定记住这个旋律，就叫它《行为主题曲》吧。

我没带什么东西来喂猫，想了想决定把牛奶给它。于是就拔掉吸管，把剩下的牛奶挤进了那只黄色的碟子里。

"有点少！"

我把黄碟子递到猫面前。小猫轻轻地走了过来，蜷着身子低头舔起了牛奶。

这是只茶色的虎纹橘猫,一身华丽的毛色图案给人一种充满野性的感觉。我盯着这只猫,心中赞叹不已。它的耳朵毛茸茸的,笔直的长胡子非常精致,虽然一直在野外生活,但腿上的毛还是白白的,非常漂亮。

小猫喝完了牛奶,抬头看了我一眼,没有表现出丝毫的依依不舍。它抖动了一下全身的毛发,似乎在对我说"拜拜",就头也不回地跑进草丛里,消失不见了。真是没有教养!

我把黄色的小碟放回原位,站了起来。小猫早已不见踪影。

小猫离去的密林前面,有一颗高大的树木。树干中央部位引起了我的注意。

之前我怎么没有发现呢?

那棵树身上有一个裂开的空洞,在距地面一米左右的地方。树洞看起来很深,里面黑黢黢的。入口处有拳头大小。

大小刚刚好!不知为何,我的脑海中浮现出这么一句话。洞口高度刚刚好，大小也正合适。

我能想象到小猫嗖的一下跳上树，消失在洞里的样子。但其实并不是这样。

我试着吹了吹口哨，洞口并没有小猫探出脑袋。

我竖起耳朵听了听，也没有传来任何回应。

◇

就这样，我每天的习惯增加了一项。

一到午休的时候，我就去公园，给小猫喂牛奶。

我开始买大一点的盒装牛奶，再配上一包鲣鱼干。牛奶里混些鲣鱼干，小猫吃的样子跟以前完全不一样。

我摸着小猫的头，开始想象给猫喂食的时间差。

不清楚是早上还是傍晚。大概和我给这只猫喂牛奶一样，有个人也用这个黄色小碟给小猫喂食。

从某种意义上说，通过这个碟子，我和这个人有了联系。但是对方和我的距离是近在咫尺，还是远在天边？

小猫离开后，我望着那个树洞出神。那个洞仍在原来的位置，看起来还是那样深，那样黑。实际深度可能是一个三明治那么深，但或许是个无底洞也未可知。

我把印有"gathering"的黄色小碟放在树丛里藏好，站起身来。

我想象了一下某人给小猫喂食的样子。一般来说，这样做的可能是一位住在附近的老太太，但是爱幻想的我忍不住想象他是一位年轻的小哥哥。

他喜欢猫但又和猫相处不来，长得高高的，很帅气，身材不胖。既不是那种肌肉猛男，也不是个小混混，更不会叫自己"本大爷"。他会祈祷全世界的流浪猫都不会挨饿受冻。

他是一个文质彬彬而又有男子汉气息的年轻小伙儿，我在脑海中胡思乱想。"不行不行！"我连连摇头，阻止自己不切实际的想象。毕竟我是活在现实中的女性，不能天天胡思乱想。很快就要二十岁的我，必须要告别那种幼稚的想象了。

"我是个活在现实中的女性……"不知不觉，我又重复了一遍，但是这句话连我自己都不怎么相信。

◇

一个晴朗的日子，我去喂猫，但猫没有现身。

我等了一会儿，大声喊了喊，小猫依旧没有出现。即使这样，我还是照旧往黄色小碟里倒了牛奶，放了鲣鱼干。

那是个五月的下午。我坐在长椅上，边吃三明治，边等小猫出现。

暖风吹拂，阳光和煦，公园里除了我，一个人也没有。我三明治都吃完了，小猫还是没有出现。

时间仿佛静止了，我望着公园里的游乐设施出神。

我不禁想：我和小猫是不是就这样离别了？……人与流浪动物的聚散就是如此无常吗？……

我站起来走向那茂密的小树林，吹着口哨，在四周找了一遍，依旧没有看到猫。

我望着那个黑洞洞的树洞，想象着小猫从里面探出头的样子，但是实际上它并没有出现。

过了一会儿，我被树洞所吸引，不自觉地靠过去观察。轻轻的，滑滑的，那种身不由己的感觉，就像睡梦中被兔子洞所吸引的爱丽丝一样。

我一边仔细地观察着树洞，一边后悔自己为什么没有早点儿走近，看看里面。第一次这么近地观察，似乎这个树洞也没有什么奇怪的地方。

眼前的这个树洞当然不是个无底洞。从树干的粗细来说，它的深度并没有那么夸张。树洞的大小对于猫头鹰来说可能过于狭窄，而要是麻雀来住，反而过于宽敞。如果是一对松鼠伴侣的话，倒是非常适合。

树洞里面有一个白色的东西。似乎是一张纸。

我伸手把它取了出来，发现是一张叠好的纸，并且折法非常精致，这让我有种愉快的预感。

这会是什么呢？难道是谁藏在这儿的藏宝图？

我轻轻地打开那张纸。还没有看内容之前，我就已经笑了起来。

太棒了！我感觉自己发现了一个不得了的好东西！这真是太好了！画这只猫的人也太有才了！找到这幅画的我也真有本事！

虽然不知道对方是谁，住在哪里，但是我很吃惊有人会这样做。他的所作所为带给了一个陌生人快乐，这真是一种善举！

我把这张纸折回原样，像往常一样吹起口哨。《行为主题曲》现在已经完美融入我所处的空间，慢慢消失。那旋律完美地表现出对这个世界的期待，充满幸福感。

等我回过头去，我又发现了另一件惊奇的事情。

不知什么时候起，脚边多了一只猫，此时它正心安理得地喝着牛奶。

◇

从第二天起,下午我的活动又增加了一项新的内容。

从此,我的生活开始有了新的色彩。就好像原本只有人物、滑梯、太阳的素描纸上,增加了作为背景的天空的颜色。那是一种清澈的蓝或淡淡的黄,抑或是浅浅的粉色。

早晨,我坐车去店里上班。从车站走一小会儿,就到了熟悉的小巷,用钥匙打开店门,简单地打扫后,把"营业"的牌子在玄关挂好。

这是一家由民宿一楼改造而成的店铺,店名叫"TERA·AMATA",主营业务是进口杂货。二楼住的是房东一家,不过很少碰面。

有客人来的时候,我就简单接待一下,其他时间就是整理货物、记账,用橡皮印章制作价格标签。因为小巷尽头有专科学校和美术馆,所以这家小店总是不断有客人光顾。

到了下午两点,店长会来核对现金、账目和货物。

听完我简短的汇报，店长就下一步工作提出几点要求之后就会离开。店长一共开了三家同样的店铺，他要按顺序跑完。

如果哪天不忙，我就会请假休息，和店长轮流值班。

在小店买了三明治和牛奶，我就会来公园，坐在长椅上。口袋里装着日记本、铅笔，还有装鲣鱼干的小罐子。吃完三明治，我走近密林，往那个黄色小碟里倒上牛奶，此时小猫也会准时出现。看了一会儿喝牛奶的小猫，我又去看那个树洞。

在那个发现写有"Hello!"的纸条的树洞里，我发现了另一张写有"Where?"的纸。文字下面画着一只找东西的猫。那猫好像是在努力寻找昨天藏在这儿的那张纸。

实在是太有趣了！我不禁笑出声来。坐回长椅，我写了一封回信。

实在不好意思，因为特别喜欢那张"Hello！"

的图画，所以就带回家，放在桌子上作为摆饰了。我还需要还回来吗？

第二天，树洞里又放了一封信。

可以不用还的。你是谁？是这棵树的精灵吗？

我笑着再次写了回信。

我是给猫送牛奶的无名氏，不是什么精灵。你又是谁？不会是猫吧？

接下来的一天。树洞里又出现了对方的回复。

我不是猫。我也是给猫送食物的无名氏。因为是天生的卷发，我的样子更像狗。

哈哈！看到这个回复，我在心里默默地想："天生的卷发"这句话写得太有才了。

是这样啊！我一直以为是猫在夜里写了信，然后投进来的。

很抱歉，我不是猫。最近，那只猫的毛色变得更好看了，原来是有人在喂它牛奶啊！

确切地说，是在牛奶里撒上鲣鱼干。这只猫好像很喜欢喝牛奶，而且好像也喜欢吃鲣鱼干。

是吗？！以我的经验来看，它很喜欢吃豆沙馅，但我总觉得喂太多不好。

看到这封信后的第二天中午，我真的买了豆沙馅饼。在牛奶里加了少许的豆沙馅后，小猫迫不及待地吃了起来。真的是这样！我笑了起来，看来这只猫是真的喜欢吃豆沙馅。

豆沙馅真的很有魔力！不过这个东西我打算一个月喂一次。对了，这只猫叫什么名字？

我也不知道它叫什么名字。要不，我们来给它取一个吧？我觉得"海伦波"这个名字不错。

不要，我觉得叫它"恰克"更好。

此后的一周，我们一直在纠结给猫取什么名字，似乎想到的那些创意都不太好。

气球（他）→可乐（我）→多明戈→托尼→斯坦普→树洞→杜龙①→老虎→小号→"不喜欢！"→"那就叫'飞鼠'"→"取什么名字都无所谓"。

---

① 藤子不二雄创作的漫画《小鬼Q太郎》中的人物。

明白了!那就叫"杜龙",怎么样?

嗯,可以。

最终,这只喜欢豆沙馅的猫被取名叫"杜龙"。虽然我觉得要是能叫"杜龙",那么叫"海伦波"岂不是更好?但是无论叫"杜龙"还是"多明戈",都无所谓。

此后,我俩又交换了猫的领地、年龄、性别等信息。关于猫的话题结束后,我们开始就东京养乐多燕子棒球队在那年春天的活跃表现进行了讨论。谈厌了之后就谈起蒙古国出生的相扑选手的话题来。就这样过了一个多月。

其间,我问他"gathering"是什么意思,对方回答是"聚集""集会"的意思。

今天天气挺好啊!

是啊!

前天从下雨转为晴天,天气非常好,我们开始聊起了天气。从这一点可以判断,对方是每天早上来喂"杜龙"。

我给那个树洞起了个名字叫作"树洞信箱",每天这个"信箱"里都会有一封"树洞信件"。我一收到信,就高兴地吹起口哨。我认为《行为主题曲》有了最合适的"吹奏场所"。

随着季节从春天过渡到夏天,我和他的书信交流逐渐深入。通过"树洞信箱"收寄信件成了我每天的习惯。

我都是坐在长椅上写信的。

我手握着写着这一内容的"树洞信件",下意识地望了望自己坐的长椅左侧,当然那里没有留下任何身影,可我的脑海中却浮现出就在刚过去的几个小时前的清晨，对方就坐在这里写下了这封信的情景。

我开始幻想对方到底是个什么样的人，感觉自己好像已经有点被对方迷住了。"不行不行！"我赶紧让自己冷静下来。我是一个生活在现实中的女人，这儿可不是看了几封信就迷上陌生"卷发男"的地方。

我觉得这很不现实。

我和他在通信中并没有涉及"你住在哪儿""你干什么工作"之类的话题。我只是凭借自己的直觉去想象对方可能是一个男性，这很不切实际。说得夸张点儿，对方有可能也是个女孩儿，甚至可能是个头发是自来卷的老爷爷，也有可能是一个早熟的小学生。也许这封信根本就是那只猫写的也未可知。

但在通信中涉及的话题也有一些能和现实联系起来。

首先，我们在信中互通了各自的姓名。他的名字叫小川智宏，不过我实在想象不出，为什么他自己的名字如此平淡无奇，却打算给猫取个叫"海伦波"这样奇葩的名字。

小蓝，你有男朋友吗？

　　有一次，他突然在信里这样问我。

　　我抓住那封信，慌得口哨都忘了吹，一直呆坐在长椅上。大概有五分钟吧，等我意识到的时候，小猫"杜龙"已经消失不见，公园里只剩下我一个人。之后我又想了大概五分钟（可能当时大脑并没有在思考，只是呆坐了一会儿而已），才又握住铅笔。

　　之后那铅笔几乎是自动地写下了如下的文字。

　　一年前我和他分手了。我心里很不情愿。

　　这段话很好地诠释了我的处境。

　　一年前，他轻飘飘地说了一句"我们分手吧"，我们的恋情就结束了。这件事发生得非常突然，当时的我既没有处理这种情况的知识，也没有做好思想准备。

　　因此，刚开始那段时间我过得浑浑噩噩。而令人意外的是，那段"好难过""好孤独"的日子随着时间的流逝，感觉淡薄起来。只是内心深处还留有一丝伤痕，隐隐作痛，总也消失不掉。

我和他有时能够相互理解，也有时无法容忍对方。我相信自己做得对，我觉得自己没错。但是，那种猜疑的心理却留了下来，一直无法抹去。

也许，实际上我和他根本就没有相互理解过……

我觉得自己的想法非常可怕。即使那只是个小小的阴影，我也担心它有可能会影响我所有的一切。

一年前我和他分手了。我心里很不情愿。

但是，今天我却写下了这样的文字。这段话有点令人伤感，却极具穿透力。在我看来，这是我为了洗去心中那小小的阴影，所能想到的最聪明、最睿智的一段话。

半年前的我能写出这段话吗？一个月前的我能写出这段话吗？

我把信折好,望着深邃的"树洞信箱"。此时此刻,我感觉就像已经过去了一年的漫长时光。

我把写着"我心里很不情愿"的"树洞信件"投进"树洞信箱"。我突然心想:对!通过寄这封信,对自己迄今为止的人生做一个总结也是很不错的。

如果一件事是我们说一声"结束吧"就能结束的,那么实际上这件事本身往往还未开始。

肯定是尚未开始。

从树洞中收到的回信是这么一幅画。

画上的小猫如此可爱,我一下子就被迷住了。

◇

转眼到了夏天。公园的那一小块绿地里，蝉鸣声比任何时候都响亮。

每次往树洞里放信，都能收到回复。与"互相写信""日记交换"这样的词汇相比，用"信件交换"这个词语更为合适。我和他就这样每天通过信件交流。

交换的信件就像收音机的电波一样无声无息，总是安静地躺在树洞里。通信的内容多种多样，日常的琐事、杂学涉猎、美式冷幽默、鬼故事等都可以写进去。我们就像在迷宫里寻找出口，一边说笑，一边朝前走。

只有立在我们中间的那只叫"杜龙"的小猫，静静地看着我们二人之间的"信件交换"游戏，并没有什么特别的感想。

话说回来，我可以和你分享一些关于猫的小知识。两个人玩的那种翻花绳的游戏，用英语说是"cat's cradle"，据说是指"猫的摇篮"。

哦，我也查了一下。有一种鲨鱼长着一张猫脸，所以被叫作"猫鲨"。因为这种鲨鱼能够轻易把蝾螺咬成两半，所以也被称为"碎螺鲨"。还有一种叫"猫鸟"的小鸟，会像猫那样喵喵地叫。还有会喵喵叫的青蛙，叫"猫蛙"。

哦，我也查了一些。岛津义弘（日本战国时期的武将）在文禄之役的时候，曾经随军带着七只猫。他通过观察猫眼虹膜的变化来判断时间，可以说是"计时器猫"。最后只有两只猫生还，其他五只光荣捐躯（哭）。

哦，我也查了一下。古埃及第二十六王朝法老，叫尼科[①]二世。他在美吉多战役中战胜了犹太王约西亚。喵！

[①] 英文写作 Necho，与猫的日语发音相似。

原来如此。我来聊聊西洋文化中有关猫的传说。猫拱起身体，预示着有客人要来；做出洗脸的动作，说明有女宾；而挠后背痒，则说明来的是男客人；如果女人喜欢猫，则预示着婚姻幸福，男的喜欢猫则不能结婚；据说剪掉胡须的猫不会抓老鼠。另外，中世纪的时候，一旦有恶疾流行，就会抓黑猫当作祭品（哭）。

照你这么说，我可能结不了婚啦。不过没关系，我所知道的关于猫的知识仅限于此。

你知道有关狗的知识吗？

我知道一个谚语，"出门逛的狗，难免遭棒打"，就是树大招风的意思。

这我也知道，除了这个还有吗？

萨蒂有一首钢琴曲非常好听，名字叫作《（为一只狗而作的）真正松弛的前奏曲》。

哈哈！说起来，我有个朋友遛狗时被狗绊了一下，结果摔骨折了。

天哪！我现在惊得眼睛都瞪得太圆了，导致视力都短暂下降了。

不是开玩笑呀！一阵可疑的震动，眼前的百叶窗掉了下来，我进入假死状态三十秒。

对被我怀疑的你说声"对不起"。对被狗绊的朋友也说声"对不起"。我对狗的知识有限，下面我来讲讲有关鼠妇虫的趣事吧。鼠妇虫在碰到障碍物时，会按照右、左、右的顺序选择前进方向。我做过实验，这个不会错。

是吗？下次我也抓一只试试看。据说有一种海鸠，叫作"乌伦鸟"，生活在日本北海道的一个岛上。它会发出"乌伦乌伦"的叫声。

圆号的喇叭（指发声部位）是朝后的，你知道为什么吗？

不知道。圆号是这么个样子吗？

是的。这是因为很久以前，吹圆号的人负责骑着马在前面引导其他猎人往猎物的方向赶过去，所以是向后发声的。

哦，这个很酷啊！我来讲讲乌鲁族的故事吧。乌鲁族居住在的喀喀湖畔。他们会用一种叫"托托拉"的芦苇制造浮岛，在上面盖房子生活。浮岛能够搭载着他们的家园在湖面上移动，非常便利。

哈哈！咱们俩也算是树洞①同好。"u ro ka ra ka ra shi ka shi ra? ka ra ka ro u。"②

什么？你写的是什么意思？

这是一个回文，倒过来念发音也一样。意思是芥末树上芥末果，辣得够味。

你这绝了！

你知道吗，蜂巢入口有一种"看门蜂"，它们会毫不犹豫地攻击入侵蜂巢的外敌。无论对方是大黄蜂还是熊，人也一样。（待续）

---

① "树洞"日文发音与乌鲁族的"乌鲁"发音相同。
② 日文写作："ウロからカラシかしら？からかろう。"

哈哈。

面对接近蜂巢的天敌"大黄蜂",蜜蜂会群起而攻之。它们会以大黄蜂为中心,组成一个直径为五厘米的蜂球。组成蜂球的蜜蜂一起扇动翅膀发热,把大黄蜂给热死。(待续)

什么?热死?

是的,蜜蜂用其他办法无法杀死大黄蜂,但是用蜂球发热的办法确实可以办到。据说,在攻击性较高的一部分蜜蜂脑中,有这种"牺牲"的遗传因子。(待续)

哇!(吃惊)

还有呢,据说这种"牺牲"的遗传因子的基因排列与A型肝炎病毒非常类似,可以说它们是感染了"病毒"。也可以看作是"牺牲病毒"在看门蜂群体中间传播、流行吧。

哇,这个观点好新颖。照你这么说,保姆蜂中间可能会有"温柔病毒",采集蜂之间可能会有"努力病毒"在传播吧。如果是"温柔病毒"的话,多传播一点儿也挺好的。

不错,你说的这些,即使不是病毒,也可能会到处传播吧,无论从好的意义上,还是坏的意义上。

嗯,我也这么想。

有一种叫作"眼斑冢雉"的野鸡,主要分布在澳大利亚。就像它们名字的字面意思①一样,它们

---

① "眼斑冢雉",日语叫作"草藂塚造",意思就是"在草丛中建造家穴"。

能够在草丛里建造巨大的巢穴，有些甚至高达数米，据说以前曾被误认为是古代帝王的陵墓。

有意思！

雄鸟会用树枝、落叶、沙子来筑巢。雌鸟根据自己的喜好，选择中意的巢并与其中的雄鸟结为伴侣，并在巢穴中产卵。等产完卵后，由雄鸟将卵安置好。

真不可思议！

里面的落叶会自然发酵，据说巢穴中的温度可达33摄氏度以上。也就是说，这种像家一样的巢穴就像是一台自动保温孵卵机。而且还能用来保护其中的卵不受破坏。

太棒了！（吃惊）

从夏天到秋天，通过类似这样的聊天内容，我知道的百科知识也越来越丰富了。

整个夏天，状态不佳的东京养乐多燕子棒球队一直到赛季快要结束了也仍然没能翻身。这段时间里，我和对方的"信件交换"游戏仿佛涓涓细流般，一直没有中断过。

这么一来，我也开始认真考虑，是不是见一下面比较好。

成功与失败大概五五开吧，这是我对这次见面的预测。要么见了面很失望，要么正式坠入恋爱之中。

实际上，并不是成败参半。因为恋爱这种东西，可能已经开始了。

那个小黄碟子、树洞，还有那只叫作"杜龙"的猫，已经把我和他密切地联系在了一起。在两个人兴致勃勃地聊关于海豹狩猎企鹅等逸闻的过程中，某些重要的东西已在不经意间产生。

虽然我吹的口哨旋律会消失,但是我留在公园里的感情,也许已经被每天早上来这里喂猫的小川君感受到了。想要珍惜这一切的希望,也与想要和他见面的心情一样,同时存在着吧……

记得曾经和他聊过一个话题,根据附近电视机室外天线的朝向设置,就可以知道一个城市的中心在哪里[①]。此时此刻,我和他的心灵之窗,又朝着哪个方向呢?这还不清楚。

  提问:世界是怎么诞生的?

  从一无所有中来。这个过程,完全不能用语言来描述。先是虚空中产生白色混沌,出现旋涡一样的东西。这个旋涡时而缩小,时而扩散,转着转着就诞生了与"无"相对应的"有"。假如把它称为世界的话,这就是世界的诞生。不过这也

---

① 日本电视台一般使用地面波信号,电视台发射塔一般设置在市中心。

是最近才为人们所了解，人们只是姑且把这称为世界而已。

哦，是这么回事。那再问一个问题，自由又是什么呢？

好比说在雷雨天，既可以通过放风筝来测量雷电的电流，也能够打着伞来看看树洞，甚至还会和熊摔摔跤。所谓自由，就是指这种选择权吧。

呀，说得真好！那我问一个问题：什么是人生？

假设想要夺回被夺走的东西。也许并没有实际被夺走什么，不过对于我来说，自己欠缺的东西，想要的东西，都可以假定为"被夺走的东西"。被夺走的东西必须夺回来，每当我这么想的时候，就会感到非常兴奋。出生之前，自己十全十美，无所不能。所谓人生，也许就是为了夺回那些在出生的一瞬间所失去的东西，是一段漫长的旅行。

讲得真好。也许正如你所说。

◇

我在"TERA·AMATA"这家小店里的工作非常充实。

店里摆满了我喜欢的物件，而那些来买东西的顾客，大多也是真心喜欢这些东西的人。店长很热心地教我如何工作，有时还会和我聊有关经营的话题。在和她聊天的同时，我会制作宣传册，思考如何更好地摆放货品，让自己的想法能够在店里一点点地体现出来。

正是在"TERA·AMATA"这家小店担负的不太重的责任让我一点儿一点儿地成长起来。对我来说，这是我生平担负的第一份责任，而且它并不是一副我难以扛起的重担。我能够在享受劳动的快乐的同时，学会很多事情。

因此当我听到下面这个消息的时候，感觉有点像晴天霹雳一样。当然，我只是一个打工者，在这种事情上并没有任何发言权。

"这家店要关了。"店长对我说，"虽然营业额还不错。"

店长请我吃晚饭的时候，把这个决定告诉了我。

据她讲，社长（社长是店长的顶头上司，我还不曾见过）的意见是打算把这家店改成进口西装店。之前社长一直盼望的进口渠道的问题目前似乎已经得到了解决。社长计划在年内关闭这家杂货店，明年年初作为西装店开业。好像新店要换别人当店长，除此之外没有雇人的计划。

在听店长讲述这一切的时候，我在心里默默希望杂货店能再开一段时间。

哪怕是再开一小段时间也好，我希望现在的生活能够继续。即使不能永远持续下去，至少眼下我仍然想以这个身份看看这个世界。

店长在喝酒，我也喝了一点。

据她说杂货店以后还会换个地方开，到时候还会通知我来上班，但具体是什么时候就说不准了。因此，与其那样，不如……

"你想不想在社长身边工作？"店长给我提了这么一个建议之后，继续边喝酒边聊她的一些往事。

据她说，以前她也是像我一样在店里干活，后来才在社长身边做事务性工作。之后逐渐熟悉了海外采购业务后，社长就把店铺的经营委派给了她。

"去总公司干吧！"店长直视着我说，虽然看起来有些醉眼迷离。

"管理人员本来就少，一开新店，那就更缺了。刚开始是从打工干起，但是你一定会脱颖而出。你可以走我之前那条路，也可以做其他选择。社长那边我来跟他说。"

"谢谢您！"

我道了谢。这对我来说真是一个难得的好机会。正因为如此，我必须认真考虑一下。

店长似乎对我充满期待。我也很喜欢店长这个人，所以心里非常高兴。但是我自己还能拥有干那份工作的热情吗？如果没有的话，我不能随便接受这份人情。

"容我想想。明天我给您答复。"

"好的！"店长回答，"自从你在我们店工作，接触下来后，我知道你是个很诚实的人。因此我希望以后也能和你一块工作。"

店长微笑着，眼睛里噙满了泪水。似乎是有点醉意。而我望着她那双湿润的眼睛，心里也暗暗下定了决心。

无论如何，我都要把自己的热情和毅力展示给这个世界。我要定下一个大致的方向，一点儿一点儿地向外界展示出来。

诚实的行为一定会有人保佑。我非常相信这一点。虽然看起来有点傻，但我相信这不会有什么错。我心想：反正都是相信，为何不信一个看起来靠点儿谱的？……

我觉得自己也有点儿喝醉了，一天到晚脑子里都想着这些事情。

第二天，我向店长表达了感激之情。

"明年也请多多关照！"我对她说。

"咱俩彼此彼此！"店长望着我笑了起来，"上手之前，恐怕会很辛苦，你能受得了吧？"

"好的，我会努力的！"我响亮地回答。

因为工作单位隶属关系和现在一样，所以将来不需要什么特别的面试。明年一月份的元旦假期过后，我就可以去总公司上班。

"还有个事。"店长提醒我。

我们俩一边看着日历，一边把年底到明年的日程一一确认了一遍。因为要正式关店的话，我们必须现在做好大甩卖的准备，然后正式实施，在年底彻底关门，迎来新年。

我和店长商量了需要甩卖的商品目录。有些商品可能需要采购，或者从其他店铺调货。此外还需做好宣传工作。

店长来店里的时间非常宝贵。接下来的几天我都忙得不可开交,中午抽不开身去公园喂猫。

◇

好几天后,我终于有空跑了趟公园。

整整五天没见,小猫"杜龙"看着我,满脸都写满了不高兴。

它慢悠悠走了过来,那样子似乎是在向我抱怨:"你要是不想来可以不来,不用那么勉强。"然而一看到我拿出豆沙馅饼,感觉就像是在说"这和那是两码事"似的,低着头猛吃起来。

望着它身上的茶色条纹,我陷入了思考。

能来看你的时间不多了!剩下的时间已经明确,就是到今年年底为止。我能来这个公园的时间还有最后一个月。

当然明年我也一样能来喂猫,也能查看"树洞信箱"。只不过那需要专门腾出时间,坐电车跑过来。

但是,这样的事情,我以后是不能每天都做了。

因为对我来说，这很不现实。

我望了一眼"树洞信箱"，取出了他的信。

> 昨天我戴了围巾，这是今年冬天的第一次。围巾的保暖效果几乎相当于再多穿一件上衣。我都有点儿出汗了。

在我看来，这是一封普通的"树洞信件"，充满着一如既往的温柔。

但是，我和他像这样的信件交换并不能永远持续下去。即使是用树洞作巢的啄木鸟，也会在生儿育女后离开树洞。

假使有一天会停下来，我是从此开始另外的新生活呢，还是把之前所有的这一切都封印起来？

我必须迅速思考新的方案。方案！首先要有方案才行。能够和他通过树洞交换信件的时间只剩三十来天了，我必须抓紧时间，留给我的时间不多了。

话虽如此，可是并没有一个方案能像变魔法一样解决所有的问题。因此，我就决定直截了当地给他写一封信，把自己的事情告诉他。虽然这不是以往那样的"树洞信件"，而是一封通常意义上的信件。但是我许着愿把信件投进树洞的那会儿，和平时完全不同。

很冒昧地跟你说个事，从明年开始我就要去别的地方上班了。明年开始我就不能来这里了，所以想找你商量一下。

急匆匆往店里赶的路上，我脑海中有了主意。

"剩下的日子里，我要心无旁骛，砰砰地向树洞投'直线球'。"

回想以往，我和他在做的只是通过树洞交换信件。那种揣摩对方的心思，通过炫耀技巧来讨喜的做法完全没有必要。我根本没有那个时间，现在的我真的很忙。

第二天起，我把午休时间严格限制在了15分钟以内。每次都是匆匆忙忙地去买东西，再一路跑到公园里，往"杜龙"的小碟里倒牛奶，然后在树洞里找信，再把收到的信迅速看完。所有动作一气呵成。

  是吗？那我以后就孤单了，你所说的"商量"，是指什么呢？

取出便签本，我飞快地写下如下回复。

  我放心不下"杜龙"。我不能来了之后，它会没事吗？

我把信放进树洞，吹着口哨离开了。《行为主题曲》在初冬的空气里四处飘散。

从今以后，胜负的关键在于速度。因为迄今为止浪费的时间太多了。以前我都是在家里边查百科全书边写信。

我快速回到店里，在收银柜台里面里吃了三明治。我如此迫不及待，是为了主动引对方发"直线球"给我。

关店大甩卖的准备工作紧张有序，与此同时，我和他之间的简短通信也在继续。

在交换信件的过程中，我好像写过不少豪言壮语，不过我根本不在乎。我和平时一样吹着口哨把信放进树洞。Beat it out！① Nothing to lose！② 剩下的日子里，我就这么噔噔地一个劲儿地往树洞里投"球"。拼啦！投完"球"，我就和"杜龙"挥手告别，回到店里。

下面是这段时间我和他的树洞通信内容。

  从营养学来看，我觉得没关系。原本"杜龙"白天就没有牛奶喝。只是它可能会感到有点孤独吧。

  我也很孤独，但是也没办法呀。

---

① 打败他。
② 没有什么可失去的。

是啊,没有办法。不过它本来就是野生的,以后也能顽强地活下去。不用担心。

是啊!我也打算学"杜龙",坚强地活下去。我还有件事想跟你商量。

什么事?

我想见你一面。

好的,我也想见你一面。只是有些紧张。

那来年咱们就见面。

好的!我们去哪儿见面呢?一起去吃饭吧。

好的。说不定我会告白,所以希望选一家气氛比较轻松的店。

什么？要告白？！

不是啦，没见面怎么知道。因为小川君说不定是个小学生，或者也有可能是只猫。

是啊！对不起，我知道我不能再装傻。真的不好意思。你看这样行不行，我们在正式见面之前，先见上一面，因为提前见过的话，就知道对方不是只猫，紧张感也会减弱。

好的！那就在正式见面前，先见一面吧。

那就约在三天后的下午两点，我在公园等你，可以吗？

好的。

那就后天见。

嗯。

明天见。

好的。

在我开始加快速度的时候,他也全速追了上来。果然持续通信半年以上还是很有效果的,简直可以说是"配合默契""言听计从",总之他转眼间就赶了上来。

我忙碌了整整一天,什么都没准备,就迎来了约定见面的那一刻。

中午的时候,我怀着忐忑的心情,朝公园走去。虽然我希望自己能以平常心对待,可是内心的波澜就是不能平静下来。当发现有个男的站在公园入口的时候,我内心的紧张程度骤然上升。

不行不行!要保持镇定!要保持镇定!我不停地提

醒自己，但是似乎无济于事。我紧张到浑身发抖，简直就要走不了路。就在我嘴里念着"南无阿弥陀佛"，正要完全放弃的时候，小猫"杜龙"及时地出现在我面前。

"杜龙"这家伙正和这男的腻歪在一起。

"这家伙怎么这样！"我这么一想，刚才的紧张感便烟消云散了。

于是我径直走了过去。他缓缓地向我这边看了过来。我终于放心地笑了起来。

带着"相见恨晚"的感觉，我和他开始了第一次寒暄。

初次见面，请多关照。

小川长相平凡，称不上特别英俊，但也并不丑，属于既不会特别受欢迎，也不会受歧视的那种普通人。但是如果要说普通的长相也分成两种，一种是我喜欢的，另一种是我不喜欢的，显然小川属于前者。如果说自来卷的发型也分好和坏两种的话，那我把他的算作好的那种。

我蹲下来，往印着"gathering"的小碟子里倒进牛奶。从第一次喂猫算起，已经过去了八个多月，两人一猫终于在同一个地方"集合"了。

我和小川望着喝着牛奶的"杜龙"，聊了一会儿。

据小川讲，中午的这个时间他一般都在睡觉。他夜里要在便利店打工，早上回家之前来给猫喂食。虽然带来的只是超市卖剩下的食品，不过他也会考虑营养平衡的问题。每天傍晚去打工之前，他一般会去首都高速的高架桥下面吹一会儿小号。

听他说起小号，我好像想起了以前的什么事情，但是什么都没有想起来。喝饱了牛奶的"杜龙"望着我们俩人，满脑子的不可思议，好像在说："你们俩怎么会在一起？"

"我该回去了！"我说。

"好的！你要好好工作！"小川笑着对我说。

我们俩相互道别分手。

我吹着口哨，快步往店里走去。

《行为主题曲》在年尾阴沉沉的的天空中肆意流淌。这一次我吹得最为满意。

还有两周就到新年了。店里的关店大甩卖活动也马上就要开始。

  昨天非常感谢。我觉得昨天的经历像做梦一样，请你不要失去勇气，希望新年还能见到你。

  我一点儿也没有害怕见面。明年我基本打算朝着告白的方向努力，请多关照！

  哇，是真的吗？

  只是打算朝这个方向努力，也许会很勉强。

  那么，让我来告白好不好？

哈哈，你帮了我大忙。

明白了，我来向你表白。我喜欢你！请和我交往下去。

好的，那余生请你多多关照！

谢谢你！虽然很吃惊，但是我觉得能这样子也挺好的。过了年就是我们的第一次约会，去看电影吗？我一月三号有空。

好的，那就约三号。看电影，是要在黑暗中握手吗？

握手可能会害羞吧。

"乌伦乌伦。"

你说的是什么呀？

我也不知道。

似乎我和他之间的纽带就是树洞。

这就算正式交往了吗？我在心中思考。但是说真的，这个疑问完全不合适。

也许从我被猫所吸引，望了一眼那个树洞的时刻开始，我和他之间就有了交集，这就是我心里唯一认可的答案。因为与几句告白相比，在树洞里藏信以及在树洞中发现信这种事毕竟要困难得多。

这个世上也许根本就不存在想要开始就能开始这种心想事成的好事。但实际上，往往在真正开始之前的那一会儿，就已经有什么开始了。

店铺"TERA·AMATA"的关店大甩卖活动开始了。

销售活动进行得非常顺利，每天来的客人都很多。一些平时不怎么说话的老顾客都主动和我打了招呼，对关店表示遗憾。我不知道自己是应该高兴还是难过，眼中噙着泪水，微笑着向他们表示感谢。

到了甩卖活动的第三天，看到还有没有卖出去的便签架，我便自己买下。白色陶瓷的底座，也可以当作镇纸来使用。

我用绿色的彩纸把它包装好，系上红色的飘带，带去了公园。把它在树洞里轻轻地放好，并附上一封信。

圣诞快乐！

圣诞节这天是个阴天，没有风。

我默默地思考着今后如何和小川相处。

我们会去看电影，听音乐会，一起吃饭，一起喝酒，手拉手去他住的地方，或者互赠礼物，一起去喂"杜龙"。那期间我们也许还会接吻吧……

希望我们能够顺利交往！我默默地许下心愿。

在感情的交流中，我和他的恋情也逐渐孕育、生根、发芽。将来会怎么样呢？也许会到达与现在有点儿不同的温柔和幸福的彼岸吧……

谢谢你的礼物！我真的很高兴。我打算回家后慢慢拆开欣赏。还要跟你说声对不起，我没有把圣诞节和"树洞信箱"联系起来，没有准备任何礼物。

没关系，请别介意。顺便提一句，我的生日是三月十七日。

便签架很漂亮，十分感谢！我现在已经用上了，第一张便签就用粗笔写了"小蓝的生日是三月十七日"几个字。

你能喜欢，我很开心。期待生日那天。

我打算在你生日的前一天把小礼物放进树洞里。

即使那时我们的关系后退一步,也请你这样做。

明白!不过我不希望我们的关系后退一步,因为我喜欢你。

哎呀!(害羞)

那天是店铺"TERA·AMATA"正式关门的日子,店长一大早就来了。我除了中午的时候去了趟公园,写了"哎呀!(害羞)"那封信之外,一直和店长在店里忙着接待客人。

十二月二十八日,晚上八点。

我和店长确认了时间后,去外面摘下了"open(正在营业)"的牌子。之后两人拿出准备好的啤酒,相视一笑,干了一杯。

出了店门,我和店长一直坐在咖啡厅里聊天,直到末班电车到来。

店长这天说了很多话,比平时要健谈得多。她其实希望这家店能继续开下去，这家店的营业额并没有那么差，她曾因此和社长大吵了一架，等等。最后店长鼓励我明年和她一起努力，还对我讲了社长的人品，以及她和社长如何相遇的故事。

如果要开店的话，我也想开一家这样的店。当我向她谈起自己这样的梦想时，店长就鼓励我要大胆展开想象。例如店开在什么位置，招什么样的营业员，销售什么样的商品，利润有多少，什么样的顾客会在什么时候来店里，买东西之后他们会如何保养，等等。她要我把目前的想象再扩大十倍。

第二天，我们开始收拾店铺。先把剩下的商品打包，送到其他店铺或总公司去，然后就是收拾处理那些货架、椅子和小物件。最后还要擦拭窗户，打扫地板卫生。

一月三日中午的时候可以见面吗？地点选哪儿？

那就十二点在这儿碰头吧。我也想顺便看看猫。

明白。那就期待那一天快点儿到来。今年也快结束了。一想到从明年起可能就收不到"树洞信件"了，我心里就有些难过。

是啊。不过我们还能再见面，也能再见到"杜龙"。希望明年一切如意。

三十日傍晚，店里的一切都收拾妥当之后，我陪着店长去跟房东打招呼。之后，店长回总公司汇报工作，我则回家舒舒服服地泡了个澡。

三十一日，我坐上电车去公园看猫和收信。

希望明年是我们美好的一年。

今天的"树洞信件"里写了这样一句话。

小猫"杜龙"像往常一样神出鬼没地冒了出来，吧嗒吧嗒地喝着牛奶。喝完之后，小猫抬头瞥了我一眼，然后就转身慢悠悠地离去了。

我轻轻地把小黄碟子收拾了一下，默默地替小猫许了个愿。希望来年"杜龙"也能不受饥寒之苦，一直健康平安。

我坐在长椅上，取出三明治吃了起来。空荡荡的公园里，目光所及之处一派静谧景象，只有呼出的白气在提醒我现在已是隆冬时节。

取出日记本，我陷入了沉思，想了很多很多。这半年来我的发现和收获；收到和寄出的信件；将要开始的事情；我的祈祷、实现的梦想以及希望传递的心声；我们之间的联系纽带。所有的这一切，我想把它们画成一幅画，并把它作为最后一封"树洞信件"发出去。

我轻轻地吹起了口哨，心里想着找机会让小川用小号演奏一下。

穿过小树林，我朝树洞走去。望着那个黑黢黢的洞口，我轻轻地把手里的画藏了进去。

"谢谢！"

这句由衷感谢的话不禁脱口而出。也许有些简单，但这却代表了我在那年最后的日子里的心情。

"真是太感谢了！"

出了公园，我往车站走去。与此同时，这个世界上也正在发生着各种各样的事情，而我也的的确确是世界的一部分。

一路上，我比往常更能深刻地感受到自己已和这个世界融为一体。

本文插图·中村航（负责小川）

宫尾和孝（负责小蓝以及指导中村创作插图）